# Mohnblütenträume

Lilyana Ravenheart

Lektorat: Stefanie Zainer

Korrektorat: Stefanie Zainer

Coverdesign: ©Kristina Licht

Auflage 1 / 2020

Vertrieb und Bestellung: Nova MD GmbH

Druck: booksfactory

ISBN: 978-3-96698-896-4

Impressum:

Lilyana Ravenheart

Stettinerstr. 22

24537 Neumünster

kontakt@lilyana-ravenheart.de

Liebe sprengt die Ketten der Zeit,

übersteht Tod und Verwelken.

Sie ist

zeitlos, stark und unbrechbar.

# Morpheus

# Prolog

Morpheus war verzweifelt. Er wusste nicht, wo er Bastet noch suchen sollte. Man hatte sie beide auffliegen lassen und nun entschied der Rat der Götter darüber, wie es mit ihnen weitergehen sollte. Schließlich war es verboten, einen Gott aus einer anderen Kultur zu lieben, sie hatten stets unter sich zu bleiben.

Und doch hatte er sich in die ägyptische Göttin Bastet verliebt und sie sich ebenso in ihn. Eine ganze Weile war die heimliche Beziehung gut gegangen, immer wieder hatten sie sich heimlich getroffen und sich ewige Liebe geschworen.

Aber jetzt war alles vorbei.

Morpheus fühlte sich seltsam verloren, als er oben auf der Sphinx stand und nach seiner Liebsten Ausschau hielt. Dies hier war neben dem Mohnblumenfeld ihr Lieblingsplatz, aber auch hier war sie nicht zu finden.

Dabei war er so sicher gewesen, dass sie hier war, nachdem er sie bei den Blumen nicht gefunden hatte.

Einen Moment lang überlegte der Gott der Träume, ehe er beschloss, es bei Anubis zu versuchen. Dieser war Bastets bester Freund, vielleicht konnte er weiterhelfen.

Also löste Morpheus sich kurzerhand auf und teleportierte sich in die ägyptische Unterwelt, wo er auch direkt Bastet hören konnte, wie sie hastig mit Anubis sprach.

»Bastet!«

Anubis und Bastet blickten auf. Sofort löste Bastet sich aus der Umarmung von Anubis, lief zu Morpheus und warf sich in seine Arme, ehe sie ihn verzweifelt ansah.

»Was machst du hier? Ich habe dich überall gesucht! Wir müssen fliehen, bevor der Rat uns für immer trennt!«, sagte Morpheus, aber Bastet schüttelte nur den Kopf.

»Nein. Ich bin es leid, meine Liebe zu dir verstecken zu müssen und ich werde auch nicht zulassen, dass sie dich zu den Menschen verbannen«, begann sie und streichelte ihrem Liebsten über das Gesicht.

»Wie meinst du das?«, fragte Morpheus kaum hörbar, ahnte er doch bereits das Schlimmste.

»Ich werde mein Leben geben, damit wir eines Tages zusammen sein können. Anubis wird auf meine Seele achten. Wenn die Zeit reif ist, wird er sie einem Menschen geben. Sei nicht traurig, Liebster. Ich werde wiederkommen, du musst nur ein wenig Geduld haben. Morpheus, wirst du auf mich warten?«, fragte sie, doch Morpheus schüttelte den Kopf.

»Das darfst du nicht machen! Wir haben schon so vieles durchgestanden, wir werden auch die Strafe des Rates überstehen«, versicherte er, aber nun war es Bastet, die traurig den Kopf schüttelte.

»Haben sie es dir noch nicht erzählt?«, fragte die Katzengöttin, woraufhin Morpheus sie nur verwirrt ansah. Was sollte man ihm gesagt haben? Hatte der Rat sein Urteil bereits gefällt? »Natürlich nicht. Warum sollten sie auch? Morpheus, ich habe herausgefunden, dass sie dich in einen Sterblichen verwandeln wollen. Das bedeutet, wir werden niemals wieder zusammen sein können und wenn du stirbst, wird deine Seele auf ewig im Totenreich weilen«, erklärte sie ihm. Morpheus konnte nicht glauben, was seine Bastet ihm da erzählte. Der Rat der Götter wollte ihn in einen Sterblichen verwandeln? Das bedeutete, sie würden niemals wieder zusammen sein können, denn sicher würden sie Bastet einsperren, bis seine menschliche Lebenszeit aufgebraucht war und er in das Reich der Toten wanderte.

»Ganz egal, wohin wir fliehen, sie werden uns finden und dich bestrafen. Also lass mich bitte meine Seele Anubis anvertrauen. Die Zeiten werden sich ändern und dann werden wir beide glücklich sein können«, fuhr sie fort.

»Wir müssen eine andere Lösung finden!«, versuchte Morpheus, sie zu überzeugen, denn er konnte sich nicht vorstellen, ohne sie zu leben. Selbst wenn sie sich nur wenige Tage nicht hatten sehen können, hatte es sich stets so angefühlt, als sei ihm das Herz herausgerissen worden.

Niemals würde er zulassen, dass seine Bastet ihr Leben opferte, nur damit er gerettet wurde.

»Es gibt keine andere Möglichkeit. Einer von uns beiden muss sterben. Doch wenn ich Anubis meine Seele zur Verwahrung gebe, kann er darüber wachen, bis sie wiedergeboren wird. Aber wenn du ein Sterblicher wirst, wird deine Seele nach deinem Tod direkt in das Reich von Hades wandern und wir werden niemals wieder zusammenfinden«, erwiderte Bastet, wobei ihr eine Träne über die Wange rann.

Morpheus lehnte die Stirn an ihre, schloss traurig seine Augen und nickte schließlich. Er kannte seine Katze zu gut und wusste, dass sie sich nicht von ihrem Plan würde abbringen lassen. Außerdem hatte sie recht. So hatten sie beide eine Chance darauf, irgendwann wieder zusammen sein zu können.

»Ich werde auf dich warten, bis das Licht der Sterne erlischt. Bis ans Ende jeder Zeit«, versprach er ihr voller Liebe und legte seine Lippen auf die ihren für einen letzten, sehnsuchtsvollen Kuss.

Anschließend gingen sie beide zu Anubis, der schon wartete.

»Bist du dir wirklich sicher?«, fragte der Totengott abermals und Bastet nickte. Anubis nickte ebenfalls und ging hinüber zu einem Regal, welches in die Steinwände gehauen war. Dort standen zahlreiche Fläschchen, in allen Formen und Farben. Anubis griff nach einer Phiole, in welcher sich eine dunkelblaue Flüssigkeit befand. Damit kam der Totengott schließlich zurück und reichte sie an Bastet.

»Dies ist das einzige Mittel, um dir deine Seele zu nehmen, ohne dass sie direkt zu den Toten wandert. Nur so können wir es vor Osiris geheim halten«, erklärte er ruhig. Bastet nickte und nahm das Fläschchen. »Du musst alles austrinken. Anschließend wirst du langsam einschlafen und deine Seele verlässt deinen Körper. Schmerzen wirst du keine haben«, versprach er.

»Ist es egal, wo sie es trinkt?«, fragte Morpheus nun. Wenn es möglich war, sollte seine Bastet an einem schöneren Ort sterben, wenn sie schon ihr Leben opfern musste.

»Ja. Ihre Seele wird zu einem Ort gezogen, wo sie darauf warten kann, wiedergeboren zu werden. Dabei ist es ganz egal, wo sich ihre Seele beim Verlassen des Körpers befindet«, sagte Anubis.

»Was hast du vor?«, fragte Bastet, aber Morpheus lächelte sie an, ehe er ihre Hand nahm und sich mit ihr zusammen auflöste. Im nächsten Moment standen sie auf einer weiten Wiese, inmitten von Mohnblumen.

»Hier haben wir uns kennengelernt.«, flüsterte sie mit tränenerstickter Stimme und Morpheus nickte.

»Ja. Hier traf ich dich zum ersten Mal. Du warst vom Schein der roten Farbe dieser Blumen angezogen worden. Ich spürte deine Anwesenheit, kam hierher und war auf der Stelle Dein«, erwiderte er und gab ihr einen sanften Kuss.

»Es wird sich lohnen. Wenn ich wieder komme, können wir zusammen sein, ohne einen Krieg zwischen den Göttern zu riskieren, oder, dass sie einen von uns bestrafen«, sagte sie und schmiegte sich in seine Arme.

Eine ganze Weile standen sie da, vergaßen alles um sich herum und genossen einfach nur das Hier und Jetzt. Doch irgendwann war auch dieser Moment zu Ende. Gemeinsam setzten sie sich in das Meer aus roten Mohnblumen und Bastet kuschelte sich eng an ihren Liebsten, während er sie seinerseits fest an sich drückte.

»Vertrau auf unsere Liebe. Wenn ich wiedergeboren werde, wirst du es spüren. Ich werde dich rufen«, sprach sie voller Liebe. Morpheus beobachtete, wie sie den Korken aus der Phiole zog, dann trank sie die dunkelblaue Flüssigkeit in einem Zug aus. Sofort erkannte er die Müdigkeit in ihrem Gesicht. Morpheus hielt sie weiterhin fest im Arm und ließ seinen Tränen freien Lauf.

»Ich liebe dich...«, flüsterte Bastet, ehe sie ihre Augen schloss und die Seele ihren Körper verließ.

Zurück blieb Morpheus, der ihren leblosen Körper in seinen Armen hielt und hemmungslos um seine Liebste weinte. Er hatte alles verloren, was ihm wichtig war, doch er würde wie versprochen auf sie warten. Selbst wenn es viele hundert Jahre dauern würde.

# Zia

# KAPITEL 1

Es war Montagmorgen, der erste Wochentag nach Zias langersehntem Schulabschluss und ein Tag vor ihrem achtzehnten Geburtstag. Sie hatte sich die ganzen letzten Wochen bereits auf den Sommer gefreut, denn sie konnte endlich ausschlafen und nach den Ferien würde sie Ägyptologie studieren.

Leider wurde aus dem Ausschlafen nichts, denn Zia wurde von der Türklingel geweckt, welche früh am Morgen schellte. Grummelnd zog Zia sich die Bettdecke über den Kopf, doch nur eine Minute später klopfte ihre Mutter an die Zimmertür.

»Schatz? Charlotte ist da, sie sagte, dass ihr beide verabredet seid«, hörte Zia sie sagen.

Verabredet? Um diese Zeit? Zia konnte sich nicht daran erinnern, heute etwas mit ihrer besten Freundin vereinbart zu haben. Sie hatte nur ausschlafen wollen.

Doch scheinbar hatte Charlotte andere Pläne. Und da Zia ihre Freundin kannte, wusste sie auch, dass Charlotte nicht aufgeben würde. Also gab Zia sich geschlagen und stand gähnend auf. Ihre langen, hellbraunen Haare waren noch ganz zerzaust, aber das störte sie nicht. Ebenso wenig, wie, dass sie noch ihre Schlafsachen in Form von blauen Shorts und einem grünen Top trug.

»Na komm, Cupcake. Charlotte ist da, ausschlafen können wir vergessen«, sagte sie müde zu ihrem Kater, welcher immer in ihrem Bett schlief. Liebevoll streichelte sie dem braunen Maine Coon über das flauschige Fell und sah ihm an, dass er von der frühen Störung überhaupt nicht begeistert war.

»Ja, wir wollten heute länger schlafen und du magst Charlotte nicht. Dennoch ist sie hier und du weißt genauso gut wie ich, dass sie nicht aufgeben wird, bis sie bekommt, was sie sich in den Kopf gesetzt hat«, erklärte sie ihrem Kater gähnend und stupste Cupcakes Nase an, ehe sie aufstand und so wie sie war aus ihrem Zimmer heraus die Treppen hinunter schritt und in die Küche ging.

»Charlotte, was machst du hier?«, fragte Zia, abermals gähnend.

»Ich sagte dir doch letzte Woche, dass ich dich heute abhole und dann gehen wir ins British Museum!«, erwiderte Charlotte munter. In diesem Moment stieß auch Cupcake zu ihnen, strich Zia um die Beine und sah anschließend Charlotte mit angelegten Ohren an.

»Ich dachte, das wäre ein Scherz gewesen!«, antwortete Zia murrend, während sie ihren Kater auf den

Arm hob und mit ihm ein wenig schmuste. Charlotte lachte glockenklar und setzte sich. Viele Jungs waren hinter ihr her, da sie mit ihren langen, blonden Haaren, der schlanken aber durchaus weiblichen Figur und den strahlend blauen Augen wunderschön war.

»Du solltest mich besser kennen. Also los! Mach dich fertig, frühstücke schnell etwas und dann gehen wir. Zia, beeil dich!«, drängte Charlotte. Hilfesuchend blickte Zia zu ihrer Mutter, doch die stand am Herd, tat so, als bekäme sie nichts mit und wendete die Würstchen in der Pfanne.

Genervt rollte Zia mit den Augen, ehe sie gemeinsam mit Cupcake wieder nach oben in ihr Zimmer ging und sich ein luftiges Sommerkleid anzog. Die langen Haare bürstete sie und band sie anschließend zu einem Pferdeschwanz zusammen. Lust hatte sie wirklich keine, aber sie wusste auch, dass Charlotte stur wie ein Esel war. Diskutieren würde nicht weiterhelfen.

»In Momenten wie diesen kann ich gut verstehen, warum du Charlotte nicht magst«, sagte sie zu Cupcake, ehe sie sich nochmal im Spiegel betrachtete. Ihre goldenen Augen wirkten müde, aber wenigstens sah ihr karamellfarbenes Haar wegen des Zopfs ordentlich aus. Schminken wollte sie sich heute nicht, denn es sollte sehr warm werden und wenn sie mit Charlotte ins Museum ging, würde sie sicher ordentlich ins Schwitzen kommen. Da konnte sie zerlaufenes Make-up nicht auch noch brauchen.

»Na gut, lass uns frühstücken gehen«, sagte sie schließlich wieder zu ihrem Kater. Wie sie zu diesem gekommen war, wusste niemand. Cupcake war einfach aufgetaucht, als Zia vier Jahre alt gewesen war und seither wich der Maine Coon ihr nicht von der Seite. Selbst in den Kindergarten und in die Schule war er stets mitgekommen, sehr zum Ärger der Erzieher und Lehrer. Doch da Cupcake nie etwas angestellt, sondern sich immer artig in der Tasche zusammengerollt und geschlafen hatte, hatte man es am Ende akzeptiert. Zia erinnerte sich noch an einen ihrer Mathematiklehrer. Dieser hatte Cupcake nicht im Unterricht haben wollen, trotz aller Beteuerungen, dass die Katze nicht stören würde. Das war die einzige Schulstunde gewesen, in der er auf sich aufmerksam gemacht hatte, denn nachdem der Lehrer ihn aus dem Klassenzimmer verbannt hatte, hatte Cupcake vor der Tür gesessen und die ganze Stunde laut miaut und an der Tür gekratzt. Nie wieder hatte ein Lehrer auch nur versucht, den störrischen Kater hinauszuwerfen.

»Zia, wo bleibst du?«

Zia wurde aus ihren Erinnerungen gerissen. Kurzerhand öffnete sie ihre Zimmertür und ging mit Cupcake zurück in die Küche.

»Da bin ich ja schon, nun mach keinen Stress, wir haben den ganzen Tag Zeit. Und da wir heute ohnehin nicht alles schaffen, ist es doch halb so schlimm«, meinte Zia seufzend, setzte sich an den Tisch und nahm dankend die Würstchen und den Toast von ihrer Mutter entgegen.

Eines der Würstchen reichte sie Cupcake, welcher es sofort runterschlang.

»Ich weiß, dass wir nicht alles schaffen, aber der Sommer dauert ja noch länger an«, erklärte Charlotte. Zia sagte lieber nichts weiter dazu, fragte sich aber, warum ihre Freundin unbedingt in das Museum wollte. Sie selbst ging auch sehr gerne dorthin, aber heute hatte sie sich eigentlich einen faulen Tag machen wollen.

»Mom, brauchst du heute keine Hilfe? Ich meine, es gibt noch so viele Dinge, die bis morgen vorzubereiten sind«, versuchte Zia, sich doch noch zu drücken, doch ihre Mutter schien auf Charlottes Seite zu sein.

»Ach nein, geh ruhig mit Charlotte ins Museum. Dann kann ich hier in Ruhe alles dekorieren und die Torte backen«, erwiderte sie und Zia seufzte auf. Selbst auf ihre Mutter konnte sie sich nicht verlassen, auch wenn sie verstehen konnte, dass sie das freie Haus nutzen wollte, um die Vorbereitungen für morgen zu treffen. Also gut, dann würde sie heute wohl mit Charlotte ins Museum gehen müssen. Wenigstens kam Cupcake mit und würde ihr ein wenig Gesellschaft leisten, wenn es ihr zu langweilig wurde. Vielleicht hatte sie auch Glück und es würde nicht so voll sein, dann konnte sie in ihre Lieblingsabteilung gehen, zu den alten Ägyptern. Denn oftmals war diese vollkommen überfüllt, da alle die Mumien sehen wollten. Bei der Wärme war es allerdings wahrscheinlich, dass die Leute lieber etwas anderes unternahmen, wie schwimmen zu gehen.

Eine Stunde später standen die beiden Mädchen vor dem großen Gebäude des Museums. Auf dem Rücken trug Zia einen Rucksack, in welchem sich Cupcake befand. Der Kater wusste genau, dass er sich ruhig verhalten musste, denn schon oft war er in Gebäuden mitgekommen, in denen Tiere nichts zu suchen hatten. Selbst bei Arztbesuchen war Cupcake immer bei ihr.

»Wo möchtest du zuerst hin?«, fragte Zia, während sie auf den großen Museumsplan schaute. Sie war schon öfter mit Charlotte hier gewesen und kannte daher schon die Räumlichkeiten, ganz besonders die ägyptische Abteilung, in der sie sich oft stundenlang aufhielt. Trotzdem konnte es nie schaden, sich den Plan nochmal anzusehen.

»Zuerst möchte ich mir den afrikanischen Bereich ansehen!«, antwortete Charlotte munter, bevor sie auch schon zwischen den Vitrinen verschwand. Kopfschüttelnd blickte Zia ihrer Freundin hinterher, ehe sie ihr langsam in die Gewölbe zum Thema Afrika folgte. Wie immer war Zia ganz fasziniert von den ausgestellten Dingen in den Glaskästen. Dennoch konnte sie sich für den heutigen Tag etwas Besseres vorstellen. Es sollte sehr warm werden und da wäre sie lieber im Park, um die Sonne zu genießen und ein Eis zu essen oder ginge in den Pool, den sie im

Garten stehen hatten. Zwar war es hier im Museum angenehm kühl, dennoch waren ein Schwimmbecken und ein Eis verlockender.

»Ist das nicht absolut faszinierend?«, flüsterte Charlotte ehrfürchtig, als sie neben Zia trat und die afrikanischen Skulpturen betrachtete. Zia nickte nur schweigend, ehe sie zur nächsten Vitrine ging und sich die Tierfiguren aus Holz ansah. Doch plötzlich bewegte sich einer der Löwen und brüllte laut, woraufhin Zia erschrocken zurückwich. Als sie erneut hinblickte, war die Holzfigur nur eine Holzfigur. Verwirrt schüttelte sie den Kopf. Vermutlich machte sich nur der Schlafmangel bemerkbar, sowie die bereits herrschende Hitze und die schlechte Luft hier drinnen.

Aus ihrem Rucksack hörte Zia ein besorgtes Maunzen. Sie setzte den schweren Rucksack ab und griff hinein, um Cupcake zu streicheln.

»Alles ist gut, Süßer. Ich bin wohl nur noch nicht ganz wach«, beruhigte sie ihren Kater und schulterte den Rucksack anschließend wieder, das Gewicht machte ihr nach all den Jahren nichts mehr aus.

»Ich gehe mal nach oben in den ägyptischen Bereich«, gab sie Bescheid, woraufhin Charlotte nur nickte. Amüsiert den Kopf schüttelnd ging Zia Richtung Treppe und diese hinauf, wo sich die ägyptischen Räume befanden. Dort war es, wie vermutet, am vollsten. Kein Wunder, immerhin standen hier waschechte Mumien und diese waren ein absolutes Muss für Touristen.

Schweigend ging Zia an den Vitrinen entlang, schaute sich die mumifizierten Katzen an und fragte sich, wie es damals wohl gewesen sein mochte. Schon immer hatte sie sich für die alten Ägypter und deren Mythologie interessiert, auch wenn sie keine Ahnung hatte, woher dieses Interesse kam. Schließlich war auch die keltische Mythologie rund um Merlin und Avalon mindestens genauso spannend.

Gedankenverloren ging Zia weiter, wandte den Blick dabei nicht von den mumifizierten Gestalten ab, was sich kurz darauf als Fehler herausstellte. Denn sie lief direkt in einen jungen Mann und wäre sicher nach hinten zurückgestolpert und hingefallen, wenn er sie nicht festgehalten hätte.

»Immer schön vorsichtig!«, hörte sie ihn sagen und als sie den Blick hob und ihn ansah, stockte ihr der Atem. Vor ihr stand ein atemberaubend gutaussehender junger Mann. Er war schlank, aber sehr muskulös. Sein langes Haar war schwarz und lockig, seine dunkelblauen Augen unergründlich wie das Meer.

»Alles in Ordnung?«, fragte er nun mit seiner ungewöhnlichen, leicht rauen Stimme, die dafür sorgte, dass Zia eine Gänsehaut bekam. Einen Moment lang starrte sie den Fremden an, der nicht sehr viel älter als sie zu sein schien, ehe sie es schaffte, zu nicken.

»Ähm, ja, alles in Ordnung«, erwiderte sie schließlich.

# Morpheus

# Kapitel 2

Morpheus konnte den Blick kaum von dem bezaubernden Wesen in seinen Armen abwenden. Ihr karamellfarbenes Haar glänzte in der Sonne und sie hatte die gleichen goldenen Augen wie damals. Dieselben Katzenaugen. Nur der Blick war ein wenig anders. Damals hatte sie ihn voller Liebe angeblickt, nun glich es eher einer Schwärmerei. Doch das würde er noch zu ändern wissen. Zufrieden stellte er fest, dass sie noch immer Mohnblumen zu mögen schien, zumindest zierten diese das weiße Sommerkleid. Es betonte perfekt ihre schlanke Figur und umspielte sanft ihre Knie. Den ganzen Morgen hatte er mit seinem besten Freund Eros verbracht, sich die richtige Kleidung rausgesucht und überlegt, was er wohl sagen sollte, wenn er ihr über den Weg lief.

Doch nun war sie gedankenverloren in ihn hineingelaufen und alles Geplante war vergessen. Alles was noch zählte, war seine Bastet, die ihn immer noch fasziniert ansah, mit einer leichten Röte auf den Wangen, die sie nur noch schöner machte.

»Zia?«

Nur sehr widerwillig ließ Morpheus seine Liebste wieder los, als ihre Menschenfreundin sie bei ihrem menschlichen Namen rief. Doch noch konnte er ohnehin nicht viel tun, er musste abwarten und beobachten. Hoffen, dass etwas im Inneren seiner Liebsten sie zu ihn zog.

Bastet entschuldigte sich nochmal hastig murmelnd bei ihm, dass sie einfach in ihn hineingelaufen war, dann drehte sie sich um und eilte offenbar peinlich berührt zu ihrer Freundin. Bevor sie um die Ecke verschwand, drehte sie sich jedoch nochmal zu ihm um. Aus ihrem Rucksack heraus wurde er ebenfalls angeblickt, zwei grüne Augen sahen ihn eindringlich an und schienen ihn zu erkennen. Ein leises Maunzen war noch zu hören, ein letzter Blick von seiner Bastet und schon war sie verschwunden.

»Was war denn das bitte?«

Morpheus drehte sich zu seinem besten Freund Eros um, welcher ihn mit seinen Worten aus den Gedanken gerissen hatte. Seine kurzen, braunen Haare waren perfekt gestylt und in dem Anzug sah er umwerfend aus. Kein Wunder, dass sich um sie beide herum die Mädchen sammelten und ihn anhimmelten.

»Ich weiß es auch nicht. Als ich sie sah, war mein Kopf wie leergefegt. Ich konnte an nichts anderes mehr denken als an ihre unbeschreibliche Schönheit und ihr wunderbarer Jasminduft«, begann Morpheus zu schwärmen, woraufhin Eros grinsend mit den Augen rollte.

»Ich habe ganz vergessen, was für ein verliebter Trottel du in ihrer Gegenwart bist«, zog er Morpheus auf, welcher ihn nun ein wenig böse anblickte.

»Was machen wir denn jetzt?«, fragte Morpheus, während er wieder zu der Ecke schielte, hinter welcher seine Bastet eben verschwunden war.

»Wir folgen ihr eine Weile. Es ist noch früh und sie wird das Museum sicher nicht so schnell wieder verlassen. Also los! Es wird sich schon eine Gelegenheit ergeben, um mit ihr zu sprechen. Notfalls lenke ich ihre Freundin ein wenig ab, damit ihr zwei allein sein könnt. Wozu bin ich sonst der Gott der Leidenschaft, wenn ich nicht mal einen Teenager ablenken kann?«, erwiderte Eros grinsend, ehe er seinen besten Freund auch schon mit sich zog. Morpheus war nicht ganz überzeugt von der Idee, aber er hatte auch keine bessere, also folgte er Eros und hielt Ausschau nach Bastet und ihrer Freundin.

Es dauerte auch gar nicht lange, da fanden sie die beiden in der griechischen Abteilung.

»Perfekt! Auf diesem Gebiet bist du doch ein Experte! Also los! Glänze mit deinem Wissen und beeindrucke sie!«, flüsterte Eros, ehe er den Gott der Träume auch schon voran schob. Morpheus betete, dass es funktionieren möge und sie ihn nicht für einen eingebildeten Besserwisser hielt, der sich nur wichtigmachen wollte.

Damit Morpheus mit Zia allein sein konnte, ging Eros zunächst schnurstracks auf ihre Freundin zu und rempelte sie absichtlich an.

»Entschuldige bitte! Ich hoffe, ich habe dich nicht verletzt?«, fragte Eros und setzte sofort das Lächeln auf, dem alle Mädchen sofort verfielen. So auch Charlotte.

»Aber nicht doch, es ist alles in Ordnung!«, antwortete sie ihm sofort verliebt und hatte nur noch Augen für ihn. Also verwickelte Eros das Mädchen in ein Gespräch und führte sie von Zia weg. Diese sah den beiden erst verwundert nach, seufzte dann scheinbar auf und wandte sich einem Gemälde zu, um es zu betrachten.

Nun wagte sich Morpheus vor. Er gesellte sich zu Zia und stellte sich neben sie, tat so, als würde er mit ihr zusammen das Bild des Tempels betrachten.

»Die Griechen haben wirklich beeindruckende Tempel für ihre Götter gebaut«, sagte er, wie ganz nebenbei und musste sich wirklich zusammennehmen, dass er das Bild ansah und nicht Bastet.

»Hm, ja, mag sein. Aber wirklich beeindruckend sind die Bauten der Ägypter. Es ist wahnsinnig faszinierend, was sie zustande brachten, wenn man allein schon an die Pyramiden denkt oder auch an die Sphinx«, erwiderte Zia, ehe sie sich zu ihm drehte und erstarrte. »Verfolgen Sie mich?«, fragte sie, doch er konnte deutlich die leichte Rötung auf ihren Wangen erkennen.

»Aber nein, es ist reiner Zufall, dass ich nun ebenfalls hier bin. Falls es Ihnen lieber ist, kann ich aber auch erstmal in einen anderen Raum gehen«, bot er an, in der Hoffnung, dass sie ihn nicht fortschickte.

»Nein, nein. Sie haben das gleiche Recht, hier zu sein, wie ich«, antwortete sie mit einem zaghaften Lächeln, ehe sie zu der nächsten Skulptur ging.

Morpheus folgte ihr.

»Die Griechen sind also nicht so interessant wie die Ägypter?«, fragte er nach. Zia wandte ihm wieder das Gesicht zu und sah ihn mit ihren goldenen Augen an, diesmal aber ohne jede Spur der Schüchternheit.

»Nun, natürlich ist jedes Volk auf seine Art und Weise spannend, doch ich finde die Ägypter eben ganz besonders faszinierend. All die Götter, die Schriftzeichen, die alten Bräuche und natürlich auch die Pyramiden. Sie waren schon viel früher sehr viel weiter als die Griechen oder Römer«, erklärte sie ihm und Morpheus konnte ganz deutlich die Begeisterung in ihrer Stimme hören. Leider konnte er ihr aber nicht sagen, woher ihre Begeisterung kam, schließlich war sie Teil der ägyptischen Mythologie.

»Woher kommt denn Ihre Begeisterung für die Griechen?«, fragte sie nun, woraufhin er erstmal überlegen musste, was er ihr antworten sollte. Die Wahrheit konnte er ihr schließlich nicht sagen. Noch nicht.

»Hm, vielleicht hängt es mit dem Namen zusammen, den meine Eltern mir einst gaben. Sie benannten mich nach dem griechischen Gott der Träume. Jener, der Alkyone die Nachricht über den Tod ihres Gatten überbrachte«, antwortete er ihr schließlich.

»Morpheus?«, fragte Zia, woraufhin er ein wenig schmunzelte.

»Na da kennt sich aber jemand aus«, erwiderte er und nun wurde sie wieder ein wenig rot.

»Mythologie hat mich schon immer interessiert. Und nur, weil ich die Ägypter besonders spannend finde, bedeutet es nicht, dass ich mich mit den anderen Kulturen nicht auskenne. Charlotte hat mich sehr oft in dieses Museum geschleppt, sodass ich einiges lernen konnte«, erklärte sie ihm verlegen.

»Wie heißt du eigentlich? Entschuldige, darf ich Du sagen?«, fragte Morpheus nun höflich. Er wusste natürlich schon, wie sie hieß, doch es wäre sicher seltsam, wenn er sie einfach bei ihrem Namen nannte, ohne dass sie sich ihm vorgestellt hatte.

»Natürlich, Du ist vollkommen in Ordnung. Mein Name ist Zia. Längst nicht so sagenumwoben wie Morpheus«, antwortete Zia ihm lächelnd, woraufhin Morpheus aufpassen musste, dieses wunderbare Lächeln nicht einfach zu küssen. Glücklicherweise kam in diesem Moment Eros mit Charlotte zurück.

»He, Morpheus! Charlotte hat uns zu Zias Geburtstag morgen eingeladen. Wir haben ja noch nichts weiter vor, oder?«, fragte er und grinste breit. Morpheus wusste nicht, ob er seinen Freund umarmen oder ihm eine Ohrfeige verpassen sollte. Natürlich freute er sich über die Gelegenheit, seine Liebste morgen wieder zu sehen, aber andererseits ging es auch viel zu schnell, er wollte sie schließlich nicht bedrängen.

Als er Zia einen Seitenblick zuwarf, konnte er ihr schon ansehen, dass sie ihre Freundin am liebsten umbringen wollte. Klar. Er und Eros waren schließlich zwei Fremde und die wollte sie sicher nicht auf ihrem Geburtstag haben.

»Verzeih meinem Freund, er ist immer ein wenig... stürmisch«, sagte er charmant lächelnd und hoffte, dass sie ihm jetzt keine Abfuhr erteilte.

»Keine Sorge, Charlotte ist genauso«, erwiderte sie seufzend und schien zu überlegen.

»Eros hat versprochen, ein großes Geschenk für dich mitzubringen!«, erklärte Charlotte grinsend, sicher, um Zia zu überzeugen. Aber bevor Zia etwas sagen konnte, zückte ihre Freundin bereits Zettel und Stift und schrieb etwas auf.

»Hier habt ihr Zias Adresse. Morgen um 14 Uhr könnt ihr dort sein!«, sagte sie weiter grinsend, ehe sie sich auch schon Zia schnappte und mit ihr aus dem Raum ging. Kaum waren sie außer Sichtweite, konnte Morpheus seine Liebste leise schimpfen hören. Er selbst kam nicht umhin, als Eros anzugrinsen.

»Es ist wirklich vorteilhaft, den Gott der Leidenschaft als besten Freund zu haben. Offensichtlich stimmt es, dass man an eine Frau am besten über ihre Freundin kennenlernt«, sagte er, woraufhin Eros leise lachte und ihm dann den Zettel mit der Adresse gab.

»Na dann lass dir mal ein schönes Geschenk für deine Angebetete einfallen«, antwortete er dann und zwinkerte ihm zu.

Morpheus konnte sein Glück noch gar nicht fassen und er hoffte sehr, dass er sich morgen nicht blamieren würde. Es stand schließlich einiges auf dem Spiel.

# Bastet

## Die erste Begegnung

Ein scheinbar endloses Meer aus blutroten Blumen erstreckte sich vor Bastet. Bis zum Horizont reichte es und auch links oder rechts war kein Ende zu erkennen.

Verzaubert von dem wunderschönen Anblick stand sie nun da und beobachtete, wie die Sonne hinter dem roten Meer aus Blüten versank.

»Was macht eine ägyptische Göttin hier in Griechenland?«, fragte plötzlich jemand hinter ihr.

»Ich sehe mir den Sonnenuntergang an«, antwortete sie gelassen.

»Ich bin mir sicher, dass auch in Ägypten die Sonne untergeht«, erwiderte die Stimme und kam langsam näher.

Bastet drehte sich nun doch zu ihm um und sah in das Gesicht eines Mannes. Es war ein griechischer Gott, doch welcher genau, konnte sie nicht sagen. Normalerweise blieben die Götter der verschiedenen Kulturen unter sich. Lediglich die Anführer jener göttlichen Kulturen trafen sich hin und wieder.

»Das tut sie. Doch in Ägypten gibt es diese roten Blumen nicht «, erklärte sie ihm, ehe sie sich wieder dem Blumenmeer zuwandte.

»Das sind Mohnblumen. Hier in Griechenland gibt es sehr viele von ihnen«, sagte der Fremde und stellte sich neben sie, wobei er nun ebenfalls den Blick auf den Horizont richtete. »Ich bin übrigens Morpheus, Gott der Träume«, stellte er sich dann höflicherweise vor.

»Bastet. Göttin der Katzen«, nannte sie ihm nun ebenfalls ihren Namen und sah dabei zu, wie die Sonne ihre letzten Strahlen über die roten Blüten schickte. Erst als der Mond und die Sterne die Gegend erhellten, drehte Bastet sich zu Morpheus um.

»Ich suche keinen Streit oder dergleichen. Ich bin lediglich eine neugierige Katze, wollte die Gegend außerhalb Ägyptens erkunden und stieß dabei auf dieses wunderschöne Blumenmeer«, erklärte sie ihm, damit er keine feindlichen Absichten vermutete.

Morpheus nickte.

»Verstehe. Die Mohnblumen sind wirklich wunderschön und können so manch einen in ihren Bann ziehen«, stimmte er ihr zu.

Bastet sah in seine Augen, sie waren in einem weichen und warmen Silberton. Er hatte etwas an sich, was sie magisch anzuziehen schien.

»Ich muss wieder fort, sicher fragt man sich, wo ich bin. Es tut mir leid, dass ich dich gestört habe, es wird nicht wieder vorkommen«, versprach sie, doch Morpheus wank ab.

»Du hast nicht gestört, Kätzchen. Komm her, so oft wie du nur möchtest«, sagte er. Irgendwie gefiel ihr der Spitzname, auch wenn er wohl recht einfallslos war. Dennoch lächelte sie.

»Ich danke dir, Traumprinz«, erwiderte Bastet mit ihrem Lächeln, ehe sie sich in Nichts auflöste und zurück nach Hause kehrte.

# Zia

## Kapitel 3

*Ein Meer aus roten Blüten erstreckte sich zu Zias Füßen. Es reichte so weit, dass sie das Ende des Mohnblumenmeeres nicht sehen konnte. Alles hier kam ihr so seltsam vertraut vor.*

*»Du warst schon immer fasziniert von diesen roten Blumen«, hörte sie plötzlich eine bekannte Stimme hinter sich, als sich auch schon zwei starke Arme um ihre Mitte legten und sie an eine starke Männerbrust zogen. Da sie mit dem Rücken zu ihm stand, konnte sie nicht sehen, wer hinter ihr war, aber sie fühlte sich dennoch nicht unwohl. Ganz im Gegenteil, ein wohlig warmes Gefühl breitete sich in ihr aus. Sie fühlte sich geliebt, geborgen und... Zuhause.*

*Schweigend schloss Zia die Augen und genoss das Gefühl, welches sie gerade verspürte.*

*»So lange habe ich auf dich gewartet, meine Liebste. Aber bald werden wir endlich wieder vereint sein«, flüsterte die bekannte Stimme nun ganz nah an ihrem Ohr. Sie konnte seine Lippen spüren und ein warmer Schauer breitete sich über ihre Haut aus.*

*»Wer bist du?«, fragte Zia leise und kaum hörbar, doch er hatte sie gehört, das wusste sie. Er würde sie immer und überall hören, ganz egal, wie weit sie voneinander entfernt waren.*

*»Ich bin der, der dich mehr als irgendetwas sonst liebt und der für dich die ganze Welt ins Chaos stürzen würde«, antwortete die Stimme sanft. Zia wollte nun sehen, wer der Fremde war, doch als sie sich zu ihm umdrehte, verschwamm alles um sie herum und verschwand schließlich.*

Als Zia am nächsten Tag am Tisch saß und die Kerzen auf ihrem Frühstückskuchen ausblies, konnte sie den Traum nicht vergessen. Er hatte sich so real angefühlt und als sie am Morgen aufgewacht war, hatte sie eine seltsame Leere und Einsamkeit verspürt.

»Sehr schön, Schatz! Hast du dir auch etwas gewünscht?«, fragte Zias Mutter begeistert, nachdem alle Kerzen ausgepustet waren. Ein wenig abwesend nickte Zia schweigend und blickte auf den Kuchen vor sich.

Was sollte sie sich wünschen?

Momentan wollte sie nur herausfinden, wer die Stimme in ihrem Traum gewesen war. Sie war ihr bekannt vorgekommen und dennoch so vollkommen fremd.

Das Frühstück zog an Zia vorbei wie ein Fluss. Sie bekam es gar nicht richtig mit, antwortete ihren Eltern, wenn sie angesprochen wurde, aß ein wenig und verschwand schließlich mit Cupcake zurück in ihrem Zimmer. Dort legte sie sich auf ihr Bett und streichelte ihren Kater, welcher sie fragend anblickte und maunzte.

»Ich weiß auch nicht, was los ist. Normalerweise nehmen meine Träume mich nie so mit, aber dieser hier war etwas anderes. Er lässt mich nicht los und ich möchte wissen, wer dieser Unbekannte gewesen ist«, erklärte sie ihm nachdenklich, während sie ihn sanft hinter den Ohren kraulte. Cupcake schnurrte genüsslich und schleckte ein wenig ihre Hand ab.

Lächelnd sah Zia ihn an.

»Oder hast du dich in Menschengestalt in meinen Traum geschlichen?«, fragte sie lachend, ehe sie Cupcakes Nase sanft anstupste. Cupcake nieste kurz und schüttelte den Kopf, woraufhin Zia wieder lachen musste.

»Mein Traumprinz«, meinte sie kichernd, zog den Kater näher zu sich und gab ihm einen Kuss auf den Kopf.

Dann fiel ihr ein, dass später auch noch Besuch kam. Charlotte würde erscheinen und...

Zia sprang auf, was Cupcake ein missmutiges Murren entlockte.

»Morpheus!«, flüsterte sie aufgeregt und sah ihren Kater an. »Es war seine Stimme, die ich gehört habe!«, fuhr sie aufgeregt fort und nahm ihren Kater auf den Arm, um ihn zur Entschuldigung ein wenig zu kraulen. Aber dass diese Stimme zu Morpheus gehörte, ließ Zia wieder nachdenklich werden. War es nur ein Zufall? Weil sie ihm gestern begegnet war und er sich direkt so in ihr Gedächtnis eingebrannt hatte? Möglich wäre es. Andererseits waren ihr auch schon andere Jungs und Männer sehr ins Auge gefallen und sie hatte danach nie solche Träume gehabt. Und auch jetzt noch, wenn sie nur an die vergangene Nacht dachte, seine Stimme und die innige Umarmung... schon wieder wurde ihr ganz warm und ihr Herz begann wild zu flattern, wie ein kleiner Vogel im Käfig.

»Miau?«

Zia sah auf Cupcake hinab, der auf ihrem Arm saß und wieder fragend zu ihr aufblickte.

»Entschuldige. Aber irgendwas stimmt hier nicht, glaube ich«, murmelte sie. Vielleicht konnte sie nachher etwas mehr über diesen Morpheus herausfinden, wenn er mit Charlotte und diesem Eros herkam. Noch sowas Seltsames. Beide hießen wie zwei Götter der griechischen Mythologie. Morpheus, der Gott der Träume. Und direkt nach ihrem Zusammentreffen erschien er ihr in der Nacht.

Zia schüttelte den Kopf. Nein, das musste ein Zufall sein.

Seufzend gab Zia ihrem Kater einen Kuss auf den Kopf und setzte ihn auf dem Bett ab, ehe sie sich selbst im Spiegel betrachtete. Sie sah aus, wie an jedem anderen Tag auch, trug nur eine gewöhnliche Jeans und dazu ein leichtes Sommertop. Aber so konnte sie nicht bleiben, wenn nachher der Besuch kam. Ein kurzer Blick auf die

Uhr sagte ihr, dass sie noch ein paar Stunden hatte, aber es würde vielleicht ein wenig dauern, bis sie das passende Outfit hatte.

Also stellte sie sich vor ihren Kleiderschrank und begann alles durchzusehen, was infrage kommen könnte. Es war schon recht warm und sicher würde es noch wärmer werden, also sollte sie sich etwas Kurzes raussuchen. Vielleicht ein Kleid. Aufreizend sollte es nicht sein, immerhin wollte sie den Besuchern kein falsches Bild vermitteln.

»Das kann doch nicht wahr sein!«, grummelte Zia. Es konnte ihr doch egal sein, was die Männer über sie dachten. Schließlich kannte sie die zwei nicht und hatte auch nicht vor, sonderlich viel Kontakt zu den beiden zu halten.

»Zia, dein Besuch kommt!«, hörte sie plötzlich ihre Mutter rufen. Erschrocken sah Zia auf die Uhr. Hatte sie so lange vor dem Schrank gestanden? Ging ihre Uhr falsch? Nein, alles war richtig.

Hastig eilte Zia zu ihrem Fenster und entdeckte dort Charlotte. Puh, es war nur Charlotte. Aber zu früh gefreut, denn schon bogen auch Eros und Morpheus um die Ecke und beide sahen unverschämt gut aus. Zia konnte es nicht glauben. Charlotte musste irgendwas eingefädelt haben. Dieses Biest!

Hastig eilte Zia zurück zu ihrem Kleiderschrank, griff nach ihrem Lieblingssommerkleid und zog sich schnell um, als es auch schon klingelte und sie unten die Stimmen ihrer Gäste hörte.

»Zia!«, rief ihre Mutter abermals nach oben.

»Bin gleich da!«, rief Zia nun zurück, griff in die Schublade ihrer Schminkkommode und machte sich schnell einen Pferdeschwanz.

»Es geht also schon früher los«, sagte sie zu Cupcake und eilte die Treppe herunter. Erst als sie schon fast unten war, bemerkte sie, dass sie barfuß war. Super. Toller Eindruck, den sie da machte.

# Morpheus

# Kapitel 4

Noch vor dem Frühstück hatte Eros einen Anruf von Charlotte bekommen. Irgendwie war sie auf die Idee gekommen, dass sie schon früher als geplant zu Zia gehen könnten. Sicher würde Zia sich freuen, hatte Charlotte gesagt. Da Morpheus es kaum erwarten konnte, sie wiederzusehen, hatte er Eros schweigend zugenickt, damit dieser zusagte.

So war es gekommen, dass er nun mehrere Stunden früher als geplant in das Haus eintrat, in welchem seine Liebste wohnte. Allerdings schien sie nicht halb so erfreut zu sein, wie Charlotte es am Morgen dargestellt hatte. Sie wirkte eher gestresst, gehetzt. Eben schon, als er den kleinen Kiesweg zum Haus entlanggegangen war, hatte er sie am Fenster erblickt. Ihre Haare waren zerzaust gewesen und sie hatte ausgesehen, als wäre sie noch nicht lange wach gewesen.

Nun trug sie ein weißes Sommerkleid, bedruckt mit Mohnblumen. Es war ein anderes als das, was sie gestern getragen hatte, aber sie sah nicht weniger schön darin aus. Ihre Haare hatte sie offenbar nur hastig zusammengebunden, denn einige Strähnen lösten sich schon wieder aus dem hohen Pferdeschwanz. Dass sie barfuß die Treppe heruntergeeilt kam, entging ihm ebenfalls nicht und er fand ihren leicht peinlich berührten Gesichtsausdruck wirklich niedlich. Er kannte diesen Gesichtsausdruck von ihr, schon damals hatte er sie gern überrascht und hin und wieder war es ihr ein wenig unangenehm gewesen, dass er sie zu Gesicht bekam, noch bevor sie sich hatte zurechtmachen können. Doch das war ihm egal, er fand sie immer schön und am liebsten hätte er seine Bastet auch jetzt direkt in die Arme gezogen und geküsst.

In der vergangenen Nacht hatte er sich gestattet, sie im Arm zu halten und sich ein wenig von der langersehnten Nähe zu holen. Selbstverständlich hatte sie wissen wollen, wer er war, aber dieses Geheimnis konnte er ihr noch nicht enthüllen. Sie musste selbst herausfinden, wer sie war. Zwar konnte er ihr hin und wieder einige Hinweise geben, aber rausfinden musste sie es allein. Er wollte auch nicht, dass sie sich gezwungen fühlte, ihn zu lieben, nur weil sie es in ihrem früheren Leben getan hatte. Nein, sie sollte ihn von sich aus lieben.

»Ihr seid früh hier«, stellte Zia fest und umarmte Charlotte zur Begrüßung, welche wie ein Honigkuchenpferd grinste.

»Es ist dein Geburtstag, da sind Überraschungen erlaubt! Schade, dass wir das Frühstück verpasst haben. Wir wären ja auch früher hier gewesen, aber ich wusste nicht, wie lang die Langschläferin heute im Bett sein würde«, erwiderte Charlotte grinsend, während Zia ihr nun einen bösen Blick zuwarf und ihm und Eros zur Begrüßung die Hand schüttelte.

»Alles Gute zum Geburtstag, Prinzessin«, flirtete Eros direkt drauf los und überreichte ihr ein kleines Päckchen.

»Danke. Das wäre doch nicht nötig gewesen«, sagte Zia mit einem schüchternen Lächeln und packte das Geschenk aus. Es war ein Bettelarmband mit kleinen, ägyptischen Anhängern. »Wow, das ist wunderschön!«, freute sie sich und legte sich das Armband direkt an.

»Deine Freundin erzählte mir gestern, dass du ägyptische Mythologie magst und dass sie dir ein Armband schenken möchte. Also habe ich noch ein paar Anhänger dafür gekauft«, erklärte Eros und half ihr, den Verschluss einzuhaken. Morpheus wartete geduldig, auch wenn er seinen besten Freund am liebsten wegschieben wollte, um selbst mit Zia reden und ihr sein Geschenk geben zu können.

Nach einer gefühlten Ewigkeit war Eros endlich fertig und Zia hatte Charlotte umarmt, um ihr ebenfalls für das Armband zu danken. Also holte er eine längliche Schachtel hervor und reichte sie ihr.

»Danke«, sagte sie mit einem schüchternen Lächeln und machte vorsichtig die Schleife ab. Anschließend öffnete sie den Deckel und erstarrte.

»Was hast du bekommen?«, fragte Charlotte neugierig und trat näher. Auch ihre Mutter kam dazu und beiden fiel die Kinnlade herunter.

Morpheus beobachtete, wie Zia ganz vorsichtig sein Geschenk aus der Schachtel nahm und es staunend ansah. Es war eine Mohnblume in Echtgröße aus funkelnden Rubinen. Der Stiel war aus Smaragden gearbeitet und die Pollen waren aus schwarzem Onyx. Das wusste sie natürlich nicht.

»Gefällt sie dir?«, fragte er ein wenig unsicher.

»Sind das Edelsteine?«, fragte Charlotte und nahm Zia die Blume ab, um sie selbst zu begutachten.

»Nein, das ist eine Mohnblume aus buntem Glas«, redete Morpheus sich raus, da Zia das Geschenk sicher nicht angenommen hätte, wüsste sie das wahre Material.

»Ganz schön schwer für Glas«, sagte nun Zias Mutter, welche als Nächste die Blume in die Hand nahm.

»Morpheus achtet auf Qualität. Schließlich soll das schöne Stück nicht so einfach kaputt gehen«, erklärte Eros, während nun Zia die Blume nahm.

»Sie ist wirklich wunderschön. Meine Lieblingsblume. Aber woher wusstest du das?«, fragte Zia und nun konnte er ihr die Freude über das Geschenk ansehen, was auch ihm ein Lächeln entlockte.

»Nun, deine Freundin hat Eros gestern einige Informationen gegeben. Da hat er mir ein wenig ausgeholfen. Immerhin wollte ich dir nichts schenken, was dir nicht gefällt. Man kann mit dieser Glasblume zwar nicht sonderlich viel anfangen, aber wenigstens ist sie ein schönes Dekorationsstück«, antwortete er ihr und musste sich wirklich zurückhalten, diese lächelnden Lippen nicht sofort zu küssen.

»Sie ist wirklich wunderschön. Danke«, bedankte Zia sich und bestaunte weiter die Edelsteinblume.

»Lasst uns doch ins Wohnzimmer gehen. Es ist noch etwas vom Kuchen übrig«, schlug nun Zias Mutter vor. Sofort nickte Charlotte, schnappte sich die Hand von Eros und ging mit ihm voraus.

Zia sah zu ihm auf, ehe sie ihrer Freundin und Eros folgte und er ihnen ebenfalls hinterherging.

Als sie im Wohnzimmer ankamen, gesellte sich Zias Vater dazu.

»Hallo, ich bin Matthew«, stellte er sich vor.

»Ich bin Morpheus. Und das ist mein bester Freund Eros«, stellte er sich und seinen Freund vor, während er Matthew die Hand schüttelte.

»Oh, wo sind nur meine Manieren? Ich bin Catherine«, machte sich dann auch Zias Mutter bekannt. Morpheus nickte ihr freundlich lächelnd zu und setzte sich dann mit den anderen.

»Wie lange kennt ihr euch denn schon?«, fragte Matthew und fixierte sie beide. Morpheus wusste, er war ein sich sorgender Vater, der sichergehen wollte, dass seine Tochter nicht in falschen Umgang geriet.

»Morpheus und ich haben die Mädchen gestern im Museum kennengelernt. Charlotte war so freundlich, uns einzuladen und da Zia nichts dagegen hatte, sind wir gerne hergekommen. Wissen Sie, wir beide sind neu hier und kennen noch niemanden«, erklärte Eros mit all seinem Charme, den er besaß. Matthew schien das allerdings wenig zu beeindrucken.

»Verstehe. Was führt euch denn nach London und wo habt ihr vorher gewohnt?«, fragte er die beiden weiter.

»Dad!«, versuchte Zia, ihren Vater davon abzuhalten, ihn und Eros weiter auszufragen.

»Schon in Ordnung. Dein Vater macht sich nur Gedanken, mit wem sich seine Tochter so trifft«, sagte Morpheus sanft, ehe er ihren Vater ansah.

»Wir kommen aus einem kleinen Dorf, das eigentlich niemand kennt. Wir kamen nach London, weil hier unsere Zukunftschancen sehr viel besser stehen als in dem winzigen Dorf«, erklärte er. Das war die Geschichte, auf die er und Eros sich geeinigt hatten. Schließlich konnten sie sich nicht einfach ohne eine Vergangenheit unter die Menschen mischen. Zias Vater war immer noch skeptisch, aber gerade, als er noch eine Frage stellen wollte, mischte sich seine Frau ein.

»Was haltet ihr davon, wenn ich euch einen Picknickkorb zusammenstelle und ihr den Tag im Park verbringt? Das schöne Wetter muss doch genutzt werden und es war ja eigentlich auch gar nicht geplant, dass so früh schon Besuch kommt«, schlug sie vor, woraufhin Zia sofort nickte.

»Das ist eine gute Idee, ich helfe dir!«, sagte sie direkt und ging mit ihrer Mutter in die Küche. Es war offensichtlich, dass ihr Vater ihr gerade unangenehm war und sie deswegen so schnell wie nur möglich hier fortwollte. Charlotte folgte ihrer Freundin, sodass Morpheus und Eros nun mit Matthew zurückblieben. Nun, ganz allein waren sie nicht, denn Cupcake war noch da und sprang auf Morpheus Schoß, wo er sich hinlegte. Ganz automatisch hob Morpheus die Hand und kraulte den Kater hinter den Ohren, aber irgendwie schien das die Skepsis von Zias Vater noch zu erweitern.

Betretenes Schweigen, nur unterbrochen von Cupcakes Schnurren, herrschte im Zimmer, bis zehn Minuten später die Mädchen wieder kamen. Als Zia Cupcake bei ihm sah, konnte er die Überraschung deutlich in ihrem Gesicht erkennen.

»Cupcake ist sonst nie so zutraulich zu anderen«, sagte sie verwundert.

»Nun, mich scheint er zu mögen«, antwortete Morpheus mit einem charmanten Lächeln, wofür er nur wieder einen bösen Blick von Zias Vater erntete. Aber es war nicht verwunderlich, dass Cupcake ihn mochte. Schließlich war Cupcake eigentlich Kosey, der treue Begleiter von Bastet. Während ihrer Abwesenheit war Kosey bei ihm gewesen und er hatte sich immer gut um ihn gekümmert. Bis zu dem Tag, an dem er den Kater zu der kleinen Bastet gebracht hatte.

»Können wir dann los?«, fragte Charlotte und konnte es ganz offensichtlich nicht abwarten, mit Eros zu verschwinden. Morpheus war das nur recht, denn so würde er mit Zia allein sein können.

»Ja, lass uns losgehen«, antwortete Zia und griff nach dem Picknickkorb.

# Bastet

## Nur ein Tanz

Bastet liebte es, Hochzeiten der Menschen zu besuchen. Als Fruchtbarkeitsgöttin sorgte sie immer dafür, dass die Frau viele Kinder in der Ehe bekommen würde. Nicht immer war dies nötig, doch manche Frauen benötigend sehr dringend ihren Segen.

Somit war es nicht verwunderlich, dass Bastet auch heute auf einer Hochzeit anwesend war. In ihrer menschlichen Gestalt wandelte sie zwischen den zahlreichen Gästen und beobachtete, wie sie fröhlich tanzten und Spaß hatten.

Ihr selbst war es leider nicht vergönnt, Spaß zu haben. Denn auch, wenn sie in ihrer menschlichen Gestalt war, so nahm kaum jemand sie wahr. Das war auch gut so, denn schließlich durfte niemand mitbekommen, dass sie immer wieder auf Hochzeiten auftauchte und niemals alterte. Da war es besser, wenn niemand sie groß bemerkte, auch wenn sie gerne selbst getanzt hätte.

»Sieht so aus, als hätten sie Spaß, meinst du nicht, Kätzchen?«

Ein wenig erschrocken, blickte Bastet nach rechts und entdeckte Morpheus, welcher direkt neben ihr stand.

»Was machst du denn hier?«, fragte sie ihn anstatt einer Antwort. Sie waren sich bisher nur einmal begegnet und sie konnte sich beim besten Willen nicht erklären, was er nun hier wollte.

Morpheus wendete den Blick von der tanzenden Menge ab und sah nun sie mit einem charmanten Lächeln an.

»Ich begebe mich gern auf Vermählungsfeste«, antwortete er, aber Bastet schüttelte den Kopf.

»Das meine ich nicht. Du bist ein griechischer Gott und dies hier ist eine ägyptische Hochzeit«, erklärte sie ihm.

»Du bist eine ägyptische Göttin und dennoch schwärmst du für die Blumen in Griechenland«, gab Morpheus zurück, ehe er wie aus dem Nichts eine Mohnblume zauberte. »Alle Frauen tragen Blumen im Haar«, erklärte er ihr, ehe er ihr die Mohnblume in ihre geflochtene Frisur steckte. Bastet schwieg die ganze Zeit, sie war sprachlos und wusste nicht, wie ihr geschah. Bevor sie wieder dazu in der Lage war, etwas zu sagen, ergriff Morpheus auch schon ihre Hand und zog sie mit sich in die tanzende Menge, ehe sie sich gemeinsam mit den anderen Paaren im Takt der Musik bewegten. Sie drehten sich, Bastets schwarze Haare flogen wild und ihre Augen leuchteten vor Glück. Auch Morpheus schien es zu gefallen, zumindest war sein Blick ganz weich und er schien die Augen kaum von ihr abwenden zu können.

Bastet fühlte sich wie in einem Traum. Sie war gefangen von Morpheus, verspürte aber nicht den geringsten Drang, ausbrechen zu wollen. Irgendetwas an ihm schien sie magisch anzuziehen. Etwas, was sie sich nicht erklären konnte. Aber ihr Herz schlug schneller als gewöhnlich und je länger sie in Morpheus Nähe war, umso schwerer fiel ihr das klare Denken, bis sie schließlich gar nicht mehr nachdachte und einfach den Tanz mit dem Gott der Träume genoss.

# Morpheus

# Kapitel 5

Eine Stunde später waren sie gemeinsam im Park, aber es dauerte gar nicht lange, da verschwanden Eros und Charlotte.

»Dein Freund lässt wohl nichts anbrennen?«, fragte Zia Morpheus. Dieser musste ein Grinsen unterdrücken, weil er sich über die Zweisamkeit freute.

»Deine Freundin aber scheinbar auch nicht, wenn sie dich an deinem Geburtstag mit mir allein lässt«, erwiderte er und sah zu Cupcake, welcher zwischen ihm und Zia auf der Decke lag, sich ordentlich breitmachte und die warmen Sonnenstrahlen genoss.

»Charlotte mag es, die Aufmerksamkeit der Jungs zu bekommen. Ich hoffe nur, dass das nicht irgendwann böse endet«, sagte Zia seufzend und streichelte Cupcake über das flauschige Fell.

»Ich weiß noch gar nichts über dich. Erzähl mir doch ein wenig über dich«, bat Morpheus sie nach einem kurzen Moment des Schweigens. Er kannte Bastet, aber Zia kannte er noch nicht.

Nachdenklich sah Zia ihn nun an und schien zu überlegen, was sie erzählen sollte.

»Was möchtest du denn wissen?«, fragte sie schließlich und nun war er es, der nachdachte.

»Weißt du schon, was du einmal mit deinem Leben anfangen möchtest?«, fragte er sie schließlich und wartete gespannt auf ihre Antwort.

»Nun, wenn der Sommer vorbei ist, werde ich erstmal studieren. Ägyptologie. Danach... hm, das wird sich dann schon zeigen, denke ich«, antwortete sie ihm.

»Ägyptologie... du scheinst dich also wirklich sehr für das alte Ägypten zu interessieren«, meinte Morpheus, woraufhin Zia direkt nickte.

»Ja, ich finde es einfach spannend! Klar, auch andere Kulturen sind sehr interessant, aber die alten Ägypter finde ich ganz besonders faszinierend. Ich meine, allein schon die Pyramiden! Dass die Menschen zu solchen Bauwerken fähig waren! Oder die Bibliothek von Alexandria, der riesige Leuchtturm oder die Sphinx!«, schwärmte Zia und Morpheus merkte, wie begeistert sie von all dem war.

»Ich verstehe. Dann nehme ich an, dass du wohl ein Dauergast im Museum hier bist?«, fragte er sie weiter aus.

»Naja... eigentlich ist es Charlotte, die so gerne in das Museum geht. Warum, das kann ich dir absolut nicht sagen. Würde es nach ihr gehen, wären wir jeden Tag dort. Inzwischen müsste sie dort alles auswendig kennen«, antwortete Zia schulterzuckend und nahm sich eine Apfelspalte, die sie sich in den Mund schob.

»Hast du eigentlich einen Freund?«, wollte Morpheus nun ganz direkt wissen und spürte direkt ein wenig Eifersucht in sich aufkommen, auch wenn er die Antwort noch nicht gehört hatte. Andererseits, wenn sie einen Freund hätte, wäre er bestimmt auch anwesend.

Zia sah ihn ein wenig überrascht an und öffnete gerade den Mund, um ihm ihre Antwort zu geben, als plötzlich ein munter kläffender Hundewelpe zu ihnen gelaufen kam.

»Mr X!«, sagte Zia überrascht, nahm den Beaglewelpen auf den Schoß und kraulte ihn hinter den Ohren. Sofort war Cupcake hellwach, machte einen Katzenbuckel und fauchte den Welpen garstig an. Morpheus grinste innerlich und lobte den Kater stumm dafür, dass er Zia beschützte.

»Mr X! Du kannst doch nicht einfach weglaufen!«, hörte Morpheus nun eine männliche Stimme. Der Besitzer der Stimme war ein junger Mann, etwa in Zias Alter. Er war schlank und durchtrainiert, hatte kurzes, blondes Haar und blaue Augen.

»Hi, Zach! Was machst du denn hier?«, fragte Zia, stand mit dem Hund auf dem Arm auf und umarmte ihn. Sofort kochte wieder die Eifersucht in Morpheus hoch. War das etwa ihr Freund? Und dann noch mit einem

Hund? Kein Wunder, dass Kosey, beziehungsweise Cupcake, so reagierte.

»Charlotte schrieb mir, dass ihr in den Park gegangen seid. Da dachte ich mir, ich komme mit Mr X eben her und gratuliere dir, Prinzessin. Also alles Gute zum Geburtstag!«, antwortete Zach mit einem charmanten Grinsen, das Morpheus nur zu gut von Eros kannte, und umarmte Zia nochmal. Cupcake knurrte gefährlich und auch Morpheus stand nun auf und gesellte sich zu den beiden.

»Zia, möchtest du mir deinen Freund nicht vorstellen?«, fragte er gezwungen freundlich und funkelte Zach böse an.

Zia löste die Umarmung wieder und setzte den Beagle zurück auf den Boden.

»Stimmt. Zach? Das ist Morpheus, ich habe ihn gestern kennengelernt. Ihn und seinen Freund Eros, der aber mit Charlotte irgendwohin verschwunden ist. Morpheus, das ist Zach. Der große Bruder von Charlotte und ein sehr guter Freund von mir«, stellte sie die beiden einander vor.

»Freut mich«, sagte Morpheus kurz und knapp, ehe er sich Zia zuwandte. »Was hältst du davon, wenn wir eine Kleinigkeit essen, Kätzchen?«, fragte er sie und kurz meinte er eine Regung in ihren Augen zu sehen. Beinahe so, als wecke der Kosename, den er ihr einst gegeben hatte, etwas in ihr. Allerdings war diese Regung nach wenigen Augenblicken wieder verschwunden und Zia nickte, als wäre das kurze Erwachen wieder verschwunden.

»Das ist eine gute Idee. Zach? Möchtest du dich nicht zu uns gesellen?«, fragte sie Zach dann, welcher sofort breit grinsend zusagte und Morpheus beinahe schon schadenfroh ansah. Gemeinsam setzten sie sich wieder auf die Decke, wobei Cupcake sich demonstrativ auf Zias Schoß legte und den kleinen Welpen schlecht gelaunt beobachtete. Auch als Zach sich etwas näher an Zia setzte, wurde das Knurren des Katers lauter und gefährlicher.

»Ganz ruhig, Cupcake. Das ist doch nur Zach!«, versuchte Zia, den Kater zu beruhigen, aber dieser ließ Zach und seinen Hund keine Sekunde aus den Augen. Morpheus schmunzelte.

»Er passt eben auf, dass niemand seinem hübschen Frauchen zu nahe kommt«, verteidigte er den Maine Coon Kater und streichelte ihn kurz.

»Ach Unsinn! Das ist nur eine Katze. Ein Hund eignet sich viel besser als Beschützer!«, erwiderte Zach. Aber als er Cupcake ebenfalls streicheln wollte, hatte er direkt die Krallen des Katers in der Hand.

»Au! Verdammter Kater!«, fluchte Zach, was Mr X nun als Aufforderung sah, sein Herrchen zu verteidigen. Wild kläffend sprang er Cupcake an, doch dieser wusste sich durchaus zu verteidigen und so zog der kleine Beagle schnell den Kürzeren. Cupcake knurrte und fauchte den Hund gefährlich an, fuhr seine Krallen aus und ließ ihn diese auch deutlich spüren. Mr X jaulte auf vor Schmerz, doch Cupcake machte einen Katzenbuckel und zeigte, dass er den Kampf sicher nicht beenden würde, bevor der kleine Hund weg war.

»Cupcake! Genug!«, schimpfte Zia nun und packte ihren Kater am Nackenfell, damit er nicht mehr auf Zach und Mr X losging, welche sie entschuldigend ansah.

»Tut mir wirklich sehr leid. Vielleicht solltet ihr doch lieber gehen, bevor Cupcake sich noch so richtig auf euch stürzt und euch ernsthaft verletzt«, sagte sie, was Zach nicht zu gefallen schien. Morpheus gefiel es dafür umso mehr, aber er verkniff sich ein Grinsen.

»Na schön. Wir sehen uns ja ohnehin wieder. Wolltest du nicht übermorgen zu Charlotte kommen? «, gab Zach nach, da er zu wissen schien, dass Zia recht hatte. Aber wenn er glaubte, dass Morpheus sie wirklich zu ihm gehen lassen würde... in diesem Punkt würde Zach falsch liegen.

»Ja, bis übermorgen. Hoffentlich benimmt Cupcake sich dann besser, sonst muss er draußen warten«, antwortete Zia, stand zusammen mit Zach wieder auf und umarmte ihn kurz zum Abschied. Dann streichelte sie auch nochmal den kleinen Welpen.

Morpheus grinste, griff in seine Tasche und gab Cupcake heimlich ein Leckerchen. Seit er damals den Kater zu sich genommen hatte, trug er immer etwas für den Kater bei sich und jetzt hatte Kosey sich sein Leckerchen mehr als verdient.

Zia setzte sich wieder zu ihnen auf die Decke und sah Cupcake schlecht gelaunt an. Dieser hatte sich inzwischen wieder entspannt und schnurrte zufrieden in der Sonne, nachdem er sein Leckerchen verschlungen hatte.

»Was fällt dir nur ein? Zach und Mr X haben dir nichts getan!«, rügte sie ihren Kater, den das aber nicht kümmerte.

»Katzen und Hunde verstehen sich nun mal nicht sonderlich gut«, nahm Morpheus den Kater direkt in Schutz und streichelte ihm über das flauschige Fell.

»Es ist mir aber ein Rätsel, warum er ausgerechnet bei dir zum Schmusekater wird. Er lässt sonst niemanden so nah an sich ran, selbst meine Eltern nicht. Und noch nie hat er sich so von einem anderen als von mir streicheln lassen!«, erwiderte Zia, immer noch schlecht gelaunt und nun auch ein wenig skeptisch.

»Dein Kater hat eben einen guten Geschmack, Kätzchen«, antwortete Morpheus und setzte sein geheimnisvolles Grinsen auf. Ihr Blick verriet ihm, dass er mit dem Kosenamen abermals etwas in ihr berührte. Vielleicht würde er seine Bastet bald wieder zurückhaben.

# Zia

# Kapitel 6

*Noch bevor Zia die Augen geöffnet hatte, wusste sie bereits, dass sie wieder auf diesem wunderschönen Mohnblumenfeld stand. Der Geruch war unverkennbar.*

*Als sie dann die Augen öffnete, bestätigte sich ihr Gedanke. Vor ihr erstreckte sich, wie in ihrem Traum in der vorigen Nacht, das riesige Mohnblumenfeld. Nun spürte sie auch wieder die starken Arme, die sie fest umschlungen hielten.*

*»Das war ein schöner Geburtstag. Ich danke dir«, sagte sie leise und spürte kurz darauf seine Lippen an ihrer Schläfe.*

*»Immer wieder gern, Kätzchen«, antwortete er ihr. Zia wollte sich zu ihm umdrehen, aber es ging nicht. Irgendetwas hielt sie davon ab, Morpheus war es aber nicht. Er hielt sie zwar fest, aber nicht so, dass sie sich*

*nicht bewegen konnte. Nein, ihr Körper gehorchte ihr nicht.*

*»Warum kann ich mich nicht zu dir umdrehen?«, wollte Zia wissen und spürte, wie Morpheus sie noch ein wenig fester an seine Brust drückte. Instinktiv schmiegte sie sich an ihn heran und genoss diese Umarmung.*

*»Es ist dein Traum. Du kannst tun, was immer du möchtest«, antwortete er ihr.*

*»Nein, es geht nicht. Ich möchte mich zu dir umdrehen, aber etwas hindert mich daran. Warum kommst du nicht hervor?«, erwiderte Zia und runzelte ein wenig die Stirn. Wollte er nicht von ihr gesehen werden?*

*»Das kann ich nur, wenn du es zulässt. Es ist dein Traum, du bestimmst die Regeln«, antwortete er ihr erneut, was Zia aber alles andere als zufrieden stimmte.*

*»Wie kann ich die Regeln bestimmen, wenn ich nicht einmal weiß, warum wir an diesem Mohnblumenfeld stehen? Ich kenne diesen Ort gar nicht!«, gab sie ein wenig aufgebracht zurück und spürte ganz plötzlich eine tiefe Traurigkeit, die von Morpheus zu kommen schien.*

*Doch bevor sie noch etwas sagen oder tun konnte, löste sich ihr Traum auf, bis um sie herum alles dunkel war.*

*»Bastet!«, hörte sie nun eine dunkle Stimme rufen. Es klang unheimlich und sie bekam es mit der Angst zu tun.*

*»Bastet!«, rief die Stimme erneut, schien immer näher zu kommen und es fühlte sich so an, als würden sich nun eiskalte Hände an ihre Arme legen und sie packen. Doch bevor noch etwas passieren konnte, wachte Zia*

*schweißgebadet auf und sah sich schnell atmend in ihrem dunklen Zimmer um.*

Mehrere Stunden später stand Zia im British Museum und starrte die große, schwarze Mumie an, die vor ihr in einem Glaskasten stand. Schon immer hatte sie diese eine Mumie besonders gruselig gefunden, doch heute wurde ihr richtig frostig, wenn sie in die aufgemalten Augen des Sarkophags blickte.

»Bastet!«, hörte sie wieder dieses unheimliche Flüstern und wich erschrocken zurück, wobei sie versehentlich gegen einen anderen Besucher lief.

»Vorsicht! Das wird wohl langsam zur Gewohnheit«, sagte eine ihr bekannte Stimme, als zwei starke Hände sie auffingen. Sofort sammelte Zia sich wieder und drehte sich um.

»Morpheus? Was machst du hier? Verfolgst du mich? Und was...? Cupcake?«, sagte sie fassungslos, als ihr Kater neben Morpheus erschien und sich an dessen Wade schmuste. Erst jetzt fiel ihr auf, dass sie vorhin ohne ihn aus dem Haus gegangen war. Vermutlich hatte sie ihm die Tür direkt vor der Nase zugeschlagen, woraufhin Cupcake irgendwie ausgebüchst und dann mit Morpheus hierhergekommen war.

»Ich war zufällig in der Gegend, als ich Cupcake hier herumschleichen sah. Er wollte offenbar ins Museum, aber das Personal hat ihn nicht rein gelassen. Also dachte ich mir, ich schmuggle ihn irgendwie zu dir, indem ich die Mitarbeiter ablenke und der Kater sich hinter den

Ausstellungsstücken versteckt«, erklärte Morpheus nun, während Cupcake maunzend zu Zia ging und nun ihr um die Beine strich.

»Danke. Irgendwie ist heute nicht mein Tag«, antwortete Zia seufzend und beugte sich runter, um ihren Kater auf den Arm zu nehmen. »Tut mir leid, dass ich dich Zuhause vergessen habe. Das ist mir ja noch nie passiert!«, entschuldigte sie sich dann bei ihrem Kater und streichelte ihn besänftigend.

»Hast du noch was vor? Wir könnten etwas essen gehen und dann erzählst du mir, warum du heute so durcheinander bist«, schlug Morpheus vor.

Zia wusste nicht so recht, ob sie annehmen sollte. Ihr Blick wanderte wieder zu der Mumie, die mittlerweile von allerhand Touristen umringt war. Die Stimme war verschwunden, aber vielleicht kam sie wieder? Zia wusste nicht, ob sie dem weiter auf den Grund gehen sollte, oder lieber nicht.

Aus den Gedanken gerissen wurde sie schließlich von Cupcake, welcher sie anmaunzte. Zia wandte sich wieder an Morpheus und nickte.

»Ja, Essen klingt gut. Hier in der Nähe gibt es eine kleine Pizzeria«, antwortete sie ihm schließlich, ehe sie Cupcake auf den Arm nahm. Schnell ging Zia mit den beiden durch die verschiedenen Ausstellungsräume, um möglichen Ärger wegen des Katers zu vermeiden.

»Ist alles in Ordnung?«, fragte Morpheus sichtlich besorgt, als sie draußen waren.

»Ja, es ist alles bestens. Ich habe nur nicht sonderlich gut geschlafen und war heute Morgen irgendwie durcheinander. Dass ich Cupcake nicht dabei hatte, ist der beste Beweis dafür«, antwortete sie ihm, ehe sie mit ihm die Straße runter zu einer der Nebenstraßen ging. Die kleine Pizzeria war gar nicht weit und da das Wetter heute wieder sehr schön und warm war, setzten sie sich draußen an einen der Tische. Cupcake legte sich unter Zias Stuhl, rollte sich in der Sonne zusammen und döste ein wenig.

Zia sah, dass Morpheus wohl etwas sagen wollte, aber bevor er dazu kam, erschien der Kellner und brachte ihnen die Karten.

»Vielen Dank«, sagte Zia lächelnd und schaute direkt, was angeboten wurde. Zwar war sie schon einige Male mit Charlotte hier gewesen, aber das war auch schon etwas länger her.

»Hm, ich denke, ich nehme eine Pizza mit doppelt Schinken, dann kann ich Cupcake auch etwas abgeben. Dazu nehme ich eine Cola, bitte mit einer Zitronenscheibe«, sagte sie schließlich freundlich zu dem Kellner, welcher sich alles notierte und dann Morpheus abwartend ansah.

»Ich werde eine Thunfischpizza und ein kaltes Wasser nehmen«, sagte er schließlich und auch dies notierte sich der Kellner, bevor er ihnen die Karten abnahm und nach drinnen verschwand.

»Magst du mir erzählen, warum du so schlecht geschlafen hast und warum es dich dann ausgerechnet ins Museum getrieben hat?«, fragte er sie und Zia merkte, wie sie direkt rot wurde. Sie konnte ihm doch nicht erzählen, dass sie von ihm geträumt hatte. Das würde sicher zu peinlichen Fragen führen, zumal sie ihn erst seit zwei Tagen kannte. Allerdings musste sie zugeben, dass sich seine Nähe immerzu sehr vertraut anfühlte und Cupcake mochte ihn auch, also vielleicht konnte sie ihm die Sache mit der Stimme anvertrauen. Dass sie auch von ihm geträumt hatte, musste sie nicht erwähnen.

Nein, er würde sie für verrückt halten, wenn sie ihm von einer Stimme erzählte, die von der Mumie ausgegangen war.

»Ach, es ist nichts. Vermutlich macht sich nur langsam die Nervosität bemerkbar, weil ich im Herbst doch auf die Uni gehe«, wank sie also ab und lächelte Morpheus an.

»Bist du sicher?«, fragte er nochmal nach und Zia nickte.

»Ja, es ist alles in Ordnung«, versicherte sie ihm erneut. Überzeugt sah Morpheus nicht aus, aber sie würde ihm sicher nicht erzählen, dass sie Stimmen hören konnte.

»Hmmm, das sieht aber lecker aus!«, sagte sie, als der Kellner nach einer Weile wieder zu ihnen kam und die Pizzen brachte. Sofort war Cupcake wieder hellwach und maunzte hungrig.

»Aber ja doch, ich habe dich nicht vergessen«, sagte Zia lächelnd, holte mit einer Gabel den Schinken von ihrer Pizza und gab ihn dem Kater, welcher sich sofort darüber hermachte. Sobald er alles aufgegessen hatte, tapste er rüber zu Morpheus und maunzte ihn nun an.

»Cupcake! Das gehört sich aber nicht!«, rügte sie ihren Kater, aber Morpheus war schon dabei, den Kater mit dem Thunfisch zu füttern.

»Alles in Ordnung. Ich habe extra Thunfisch genommen, damit der Kleine auch was davon hat«, erklärte er und fütterte den schnurrenden Kater weiter. Zia seufzte auf und beobachtete ihren Begleiter. Momentan verstand sie ihr Haustier absolut nicht. Nie war er so zutraulich, schon gar nicht zu Fremden. Und im Grunde war Morpheus genau das: ein Fremder. Auch wenn sie ihn gestern hatte kennenlernen können, sie kannte ihn nicht länger als diese zwei Tage. Sie brauchte aber deutlich länger, um Vertrauen aufzubauen und seine Absichten erkennen zu können. Ganz egal, wie gut sich bei ihm alles anfühlte und wie oft sie noch von ihm träumte.

# Eros

## Ein Kuss von Athena

»Das schaffst du niemals!«, sagte Morpheus und konnte gar nicht aufhören, zu lachen.

»Warum nicht? Wenn du dir vor 2000 Jahren eine ägyptische Göttin angeln konntest, warum sollte ich dann nicht die Gelegenheit bekommen, Athena einen Kuss zu stehlen?«, fragte Eros und sah es als Herausforderung, dass sein bester Freund nicht an ihn glaubte.

»Weil wir hier von Athena reden. Du weißt genau, was sie von dir hält. Ihr zwei seid so unterschiedlich, wie es nur möglich ist, sie sieht auf dich herab und wird dir niemals gestatten, sie zu küssen!«, antwortete Morpheus immer noch lachend.

»Wir werden sehen!«, erwiderte Eros nur und grinste breit.

Zwei Tage später suchte Eros die Göttin der Weisheit auf. Wie nicht anders erwartet, las sie alte Schriften und studierte diese.

»Hallo, schönste aller Göttinnen«, begrüßte er sie und ging langsam auf sie zu.

»Aphrodite ist nicht hier«, antwortete Athena nur, ohne von ihren Schriftrollen aufzusehen.

Eros seufzte, gab aber nicht auf und setzte sich neben sie.

»Aber nein, ich suche nicht nach Aphrodite. Die vergnügt sich bestimmt wieder mit Ares. Nach dir habe ich gesucht«, versuchte er, ihr klar zu machen. Athena war eine harte Nuss, aber er würde nicht verlieren und Morpheus diese Genugtuung geben.

»Eros, was willst du?«, fragte Athena ein wenig genervt und sah nun endlich von ihren Schriften auf.

»Einen Kuss!«, sagte Eros ganz direkt und zwinkerte ihr zu.

Athena hob eine Augenbraue.

»Einen Kuss? Warum?«, wollte sie skeptisch von ihm wissen.

»Einfach so. Küssen ist doch etwas Schönes!«, antwortete der Gott der Leidenschaft und beugte sich zu ihr.

Athena jedoch wich ihm geschickt aus und erhob sich.

»Du glaubst also, du musst nur herkommen und erhältst einfach so einen Kuss? Dafür musst du schon wesentlich mehr tun«, erklärte sie ihm, was Eros Neugierde weckte.

»Was muss ich tun? Ganz egal, welche Aufgaben du mir stellst, ich werde sie alle bewältigen!«, prahlte er und erhob sich mit einem breiten Grinsen.

Athena hingegen blieb ruhig und blickte ihn kühl an.

»Du musst ein Rätsel lösen.«

»Was für ein Rätsel ist das?«, fragte Morpheus später, als der frustrierte Eros ihm davon erzählte.

Eros seufzte.

*»Zarter als eine Blume,*
*doch stärker als jeder Sturme.*
*Schmerzhafter als manche Wunde,*
*doch heilender als jede Heilkunde.*
*Durch einen jeden reines Herzens erträumt,*
*von dunklen Mächten versäumt.*
*Durch einen Bund besiegelt und nie mehr entzweit.*
*Sprengt alle Ketten auch durch Raum und Zeit.«*,

sagte er das Rätsel auf. »Das ist schwerer als erwartet. Und es darf mir auch niemand helfen. Athena sagte, sollte mir jemand die Lösung verraten, wird sie meine Antwort nicht akzeptieren und mir ein neues Rätsel geben«, fuhr er schlecht gelaunt fort.

Morpheus grinste.

»Warum grinst du?«, fuhr Eros ihn an.

»Weil die Antwort einfach ist!«, antwortete Morpheus lachend. Eros aber verstand kein Wort des Rätsels und runzelte nur die Stirn, während er weiter überlegte, was die Lösung sein könnte.

Er wollte unbedingt einen Kuss von Athena!

# Morpheus

## Kapitel 7

Am späten Abend war Morpheus wieder in der Wohnung in London, die er mit Eros bezogen hatte, damit er immer in Zias Nähe sein konnte.

Ohne etwas zu sagen, ging er an seinem besten Freund vorbei und zog sich in sein Zimmer zurück, Zia brauchte ihn jetzt mehr als Eros. Den ganzen Tag hatten sie gemeinsam verbracht und auch wenn sie nichts hatte sagen wollen, so hatte er ihr ganz genau angesehen, dass etwas sie verstörte und ihr Angst machte.

Also setzte Morpheus sich nun auf den Sessel in seinem Zimmer, schloss die Augen und konzentrierte sich auf Zia.

*Wieder stand er hinter ihr auf dem Mohnblumenfeld und hielt sie fest im Arm. Es schien fast so, als hätte Zia bereits auf ihn gewartet, denn sofort schmiegte sie sich an ihn, ohne sich umzudrehen.*

*»Du zitterst. Was bereitet dir Angst?«, raunte er an ihrem Ohr und gestattete es sich erneut, ihr einen Kuss auf die Schläfe zu geben. Diese kleine Geste schien sie ein wenig zu beruhigen, denn das Zittern ließ etwas nach und sie entspannte sich deutlich.*

*»Diese Stimme...«, antwortete Zia ihm schließlich ängstlich, legte ihre kalten Hände auf seine.*

*»Was für eine Stimme?«, fragte er sie stirnrunzelnd.*

*»Sie ruft immer 'Bastet'. Ich glaube, die Stimme kommt von dieser Mumie im Museum. Jedenfalls war das Flüstern dort am lautesten«, erklärte sie ihm weiter und in Morpheus stieg eine dunkle Ahnung auf.*

*»Hab keine Angst, Kätzchen. Solange ich am Leben bin, wird dir nichts passieren, das verspreche ich dir«, schwor er ihr, ehe er ihr einen weiteren, diesmal längeren, Kuss auf die Schläfe gab.*

*Zia antwortete nicht mehr. Sie sah schweigend auf das Blumenfeld und streichelte ihm mit dem Daumen gedankenverloren über den Handrücken. Morpheus hoffte, dass sie sich bald zu ihm umdrehen würde, das würde alles sehr viel leichter machen. Aber noch war sie dazu nicht bereit.*

»Eros, wir müssen ins Museum!«, sagte Morpheus ohne Umschweife, nachdem er aus Zias Traum zurückgekehrt war.

Eros lag gemütlich auf der Couch und blickte zur Uhr.

»Ich glaube nicht, dass es um ein Uhr nachts noch geöffnet ist«, erwiderte er, woraufhin Morpheus mit den Augen rollte.

»Jetzt beweg deinen Hintern! Bastet ist in Gefahr und ich werde sicher nicht tatenlos rumsitzen, nur weil du keine Lust hast!«, erwiderte er energisch und zog Eros von der Couch.

»Schon gut, schon gut! Was ist denn los?«, wollte Eros nun wissen.

»Sie hat mir von einer Stimme erzählt, die nach ihr ruft. Sie war heute den ganzen Tag verstört und nervös. Als ich sie im Museum fand, war sie wie hypnotisiert von dieser einen Mumie und ich konnte eine dunkle Energie spüren. Zum Glück war Kosey bei mir, sonst hätte ich sie vermutlich nicht dort weg bekommen«, erklärte Morpheus kurz und hatte nun die volle Aufmerksamkeit seines besten Freundes.

»Mumie? Dann muss das jemand von ihren Leuten sein. Ob sie wieder versuchen, euch zu trennen?«, fragte der Gott der Leidenschaft, aber Morpheus schüttelte den Kopf.

»Nein, es war eine dunkle Aura. Etwas Bösartiges«, antwortete er. »Na komm, lass uns losgehen, wir müssen herausfinden, was da vor sich geht! Ich werde jedenfalls nicht zulassen, dass Bastet irgendetwas passiert«, fuhr er fort, schnappte sich seinen besten Freund und löste sich in Luft auf.

Sekunden später standen sie im Museum. Da sie Götter waren und sich unsichtbar machen konnten, ging kein Alarm los und das Wachpersonal konnte sie weder sehen oder hören.

»Okay, welche Mumie-«, begann Eros zu fragen, verstummte aber, als die dunkle Aura mehr als deutlich zu spüren war.

»Hier«, murmelte Morpheus und trat vor den schwarzen Sarkophag. Die böse Aura war beinahe greifbar, doch er konnte sie nicht zuordnen. Eros trat neben ihn und musterte die Mumie.

»Lass lieber die Finger davon«, warnte Eros seinen besten Freund, aber Morpheus ließ sich nicht davon abhalten. Immerhin war Zia in Gefahr und er würde nicht riskieren, sie noch einmal zu verlieren.

»Morpheus! Lass das! Wir sollten erst herausfinden, was das für eine Aura ist!«, warnte Eros ihn erneut, aber Morpheus hatte bereits die Hand ausgestreckt, nur noch wenige Millimeter trennten seine Finger von der Glasscheibe.

Doch kaum berührte seine Haut das kühle Glas, traf ihn ein heftiger Energieschlag. Er wurde zurückgeschleudert, Blitze funkten und kurz darauf krachte er auch schon in die Vitrine hinter sich.

»Verdammt!«, fluchte Eros, schnappte sich den noch etwas benommenen Morpheus und brachte sie beide in Sicherheit.

Morpheus war sehr dankbar dafür, denn was auch immer ihn da zurückgeschlagen hatte, es hatte ihre Tarnung aufgelöst. Kameras und Wachen hatten sie beide sehen können und er konnte nur hoffen, dass Eros schnell genug reagiert hatte.

»Was hast du dir nur dabei gedacht?«, fragte Eros aufgebracht, sobald sie in der Wohnung zurück waren.

Morpheus konnte ihm darauf keine Antwort geben. Er wollte doch nur Zia, seine Bastet, beschützen.

»Jetzt wissen wir wenigstens, dass es sich um keine gewöhnliche Mumie handelt«, murmelte Morpheus schließlich und kratzte sich am Kopf.

»Nein, aber wir wissen dennoch nicht, was es mit ihr auf sich hat. Diese Energie, sie konnte unsere Tarnung auflösen! Du weißt, dass das eigentlich nicht möglich ist, außer es handelt sich dabei um einen anderen Gott!«, erwiderte Eros und Morpheus konnte ihm ansehen, dass ihm das ganz und gar nicht behagte. Morpheus konnte das gut verstehen. Wenn in dieser Mumie wirklich ein Gott verschlossen war, dann musste das einen guten Grund haben und dann war die Gefahr, in der Zia sich befand, sehr viel größer als erwartet.

»Vielleicht sollten wir Athena befragen, sie weiß bestimmt etwas«, schlug Morpheus nach einer Weile des Überlegens vor.

Eros verzog das Gesicht.

»Athena? Fragen wir doch lieber jemanden von Bastets Leuten, die wissen bestimmt mehr als einer von uns«, erwiderte der Gott der Leidenschaft und nun musste Morpheus ein wenig grinsen.

»Ach komm, sie wird dir schon nicht den Kopf abreißen. Abgesehen davon weißt du doch, wie gerne mich die Ägypter sehen. Ungefähr so gerne, wie eine Giftschlange oder einen Skorpion. Also komm! Und wenn wir bei Athena nicht weiterkommen, können wir uns immer noch an die Ägypter wenden«, gab Morpheus zurück. Er wusste, warum Eros die kluge Göttin mied. Aber nun war keine Zeit für dessen persönliche Streitigkeiten mit Athena.

»Kannst du nicht allein gehen?«, fragte Eros nun, woraufhin Morpheus mit den Augen rollte.

»Schön, ich werde allein gehen. Wenn ich Aphrodite treffe und sie nach dir fragt, werde ich ihr sagen, dass du hier bei den Menschen geblieben bist, weil du Angst vor Athena hast«, stichelte er dann und konnte Eros sofort ansehen, dass er ihn nun überzeugt hatte.

»Gut, ich komme mit«, gab der Gott der Leidenschaft also nach und gemeinsam machten sie sich auf den Weg zum Olymp und zu Athena, in der Hoffnung, dass die Göttin der Weisheit ihnen weiterhelfen konnte.

Jeder Gott auf dem Olymp hatte seinen ganz eigenen Tempel, in welchem er wohnte. Sie waren ganz nach den Bedürfnissen des jeweiligen Gottes eingerichtet und hergerichtet. Je höher der Rang des Gottes war, umso weiter oben war sein Tempel. Daher war es der Tempel von Zeus, welcher ganz oben thronte. Athenas Behausung befand sich ein wenig weiter unten, aber weit über dem Tempel von Morpheus oder Eros.

Als sie eintraten, kamen sie in eine riesige Bibliothek. Überall waren scheinbar endlos hohe Regale, die mit alten Schriftrollen oder neuen Büchern gefüllt waren.

»Athena?«, rief Morpheus, woraufhin seine Stimme zwischen den Regalen in der riesigen Halle widerhallte. Eros war sichtlich unbehaglich zumute und er sah sich immer wieder um, ob er die Göttin der Weisheit schon irgendwo entdecken konnte.

»Morpheus, Eros. Was verschafft mir die Ehre? Hat der Gott der Leidenschaft es endlich geschafft, mein Rätsel zu lösen? Wie lange sitzt du schon daran? Waren es 546 oder 547 Jahre?«, fragte Athena, als sie hinter einem der Regale hervorkam. Eros antwortete nichts, sah aber missmutig zu Boden. Morpheus grinste ein wenig, ehe er sich wieder ernst an Athena wandte.

»Wir sind nicht wegen des Rätsels hier, sondern weil wir deine Hilfe brauchen«, erklärte er ihr und hatte nun ihre volle Aufmerksamkeit. Athena mochte es, wenn man sie um Rat bitten musste, denn das bestätigte sie nur wieder in dem Wissen, die Klügste von allen zu sein.

»Ich höre?«, sagte die Göttin nun.

»Es geht um einen Sarkophag in London«, begann Morpheus und Athena hob eine Augenbraue.

»Was habt ihr in London zu suchen?«, fragte sie argwöhnisch, doch Morpheus wank ab.

»Unwichtig. Das Wichtige ist, dass dieser Sarkophag verflucht zu sein scheint. Als ich das Glas um ihn herum berührte, wurden für einen kurzen Moment meine und Eros göttliche Kräfte außer Kraft gesetzt und eine starke Energie schlug mich zurück«, erklärte er ihr. Dass Bastet wieder auf Erden wandelte, musste er ihr nicht sagen. Sicher würde sie es Zeus erzählen und dieser würde alles daran setzen, ihn und seine Liebste wieder auseinanderzubringen.

Nachdenklich musterte Athena ihn.

»Einst wurden mächtige Kreaturen oder gottesähnliche Wesen in solche Sarkophage verbannt, damit sie uns nicht weiter bekämpfen konnten. Zu deiner Beschreibung würde es jedenfalls passen. Wie sieht dieser Sarkophag aus? Vielleicht kann ich seinen Gefangenen bestimmen«, antwortete sie schließlich und ging nun langsam zu einem ihrer Regale mit alten Schriftrollen.

»Er ist etwa zwei Meter groß und ganz in schwarz. Lediglich seine Augen sind in Goldfarben aufgemalt. Des weiteren gehört er zu den Ägyptern, denn er steht im British Museum in der ägyptischen Abteilung«, fuhr er fort und hatte wieder Athenas alleinige Aufmerksamkeit. Skeptisch blickte sie ihn an und hob dabei eine Augenbraue.

»Ein ägyptisches Wesen also. Nun, du hattest schon immer ... eine Vorliebe für solche Dinge. Doch in diesem Fall solltest du dich fernhalten. Ich habe zwar keine Dokumente darüber, wen oder was die Ägypter über all die Jahrtausende in Sarkophage verbannten, aber ich kann dir mit Gewissheit sagen, dass es ganz sicher kein gutes Ende nehmen wird «, sagte sie und Morpheus konnte an ihrem Tonfall hören, dass das Thema damit für sie beendet war. Doch Morpheus wollte das nicht auf sich beruhen lassen, es ging hier schließlich um die Sicherheit seiner Liebsten.

»Was, wenn dieses eingesperrte Wesen uns allen schadet? Schließlich hatte es nun Kontakt zu Göttern. Das könnte etwas bewirkt haben«, gab er zu bedenken, aber Athena wank ab.

»Unsinn. Wenn es eine Gefahr darstellt, werden die Ägypter es schon bemerken und sich darum kümmern. Du solltest wirklich aufhören, dich in andere Kulturen einzumischen. Du weißt, wie es beim letzten Mal endete«, erwiderte sie nur gleichgültig, ehe sie Eros ansah. »Und du solltest dich lieber anstrengen das Rätsel zu lösen. Ich bin zwar nicht sonderlich scharf darauf, dass du es löst, aber so langsam wird es peinlich, findest du nicht?«, wechselte sie recht ungalant das Thema und verschwand wieder zwischen ihren Regalen.

Morpheus seufzte auf und sah seinen besten Freund an.

»Ich sagte doch, dass es eine schlechte Idee ist, Athena aufzusuchen. Sie ist nicht die Umgänglichste und ich glaube, sie will uns nicht helfen, weil sie nicht helfen kann. Sie weiß eben doch nicht alles«, meinte Eros schulterzuckend und beinahe einen Wimpernschlag später stand eine aufgebrachte Athena direkt vor ihm.

»Wage es nicht, mich in meinen eigenen Hallen zu beleidigen! Ich wäre durchaus in der Lage, herauszufinden, was sich in dem Sarkophag befindet, nur bin ich schlau genug zu wissen, wann man sich eben nicht in die Angelegenheiten anderer einmischt!«, fuhr sie ihn aufgebracht an. Eros aber blieb gelassen und lächelte sie charmant an. Morpheus kannte dieses Lächeln, Eros setzte es immer dann ein, wenn er eine Frau rumbekommen wollte. Die Frage war nur, ob es bei Athena auch so wirken würde wie bei den Menschen.

»Athena, meine Liebe. Es kann dir doch eigentlich ganz egal sein, was Morpheus treibt. Hilf ihm doch und er wird dich in Ruhe lassen. Sein Faible für die Ägypter ist jedem hier bekannt, niemand wird dich verurteilen, dass du eine Nervensäge loswerden wolltest«, versuchte er es bei ihr, aber Athena ließ sich einfach nicht erweichen.

»Nein! Ich werde euch nicht helfen, findet euch damit ab! Und wenn ihr es wagen solltet, meine Schriftrollen anzufassen, werdet ihr meinen Zorn zu spüren bekommen!«, drohte sie, ehe sie endgültig verschwand.

Deprimiert seufzte Morpheus auf und sah zu den Regalen. Irgendwo dort lag die Lösung. Sie war so nah und dennoch so fern, weil Athena sich weigerte, ihnen zu helfen.

»Wir sollten Anubis aufsuchen. Ihm können wir auch sagen, worum es wirklich geht«, riet Eros, während er auf ihn zukam und ihm dann tröstend eine Hand auf die Schulter legte. Morpheus nickte.

»Du hattest Recht. Wir hätten sofort Anubis aufsuchen sollen. Jetzt haben wir vielleicht schlafende Hunde geweckt und man wird mich wieder unter Beobachtung stellen, damit ich mich von den Ägyptern fernhalte«, sagte er ein wenig verzweifelt. Er konnte einfach nicht verstehen, warum es ihm und Bastet nicht vergönnt war, glücklich zu sein. Was machte es schon aus, dass sie aus verschiedenen Kulturen stammten? Ihre Herzen waren Eins und das war es doch, was zählte.

# Bastet

# Der erste Kuss

Schweigend stand Bastet auf dem Kopf der Sphinx und beobachtete den Sonnenuntergang über der Wüste. Wie immer war es ein wunderschönes Bild, dennoch fühlte sie nicht die Glückseligkeit, die sie normalerweise verspürte, wenn sie hier stand und den Ausblick genoss.

»Bist du oft hier, Kätzchen?«, hörte sie plötzlich eine Stimme hinter sich und sie wusste gleich, dass es der griechische Gott der Träume war.

»Dies ist mein Lieblingsplatz. Von hier aus kann man die Wüste überblicken und der Sonnenuntergang ist so wunderschön«, erklärte sie ihm, ohne sich ihm zuzuwenden. Eigentlich fand sie das Mohnblumenfeld viel schöner, aber das wollte sie nicht zugeben.

»Verstehe. Es ist wirklich ein sagenhafter Ausblick«, bestätigte Morpheus, während er neben sie trat und einen Arm um ihren unteren Rücken legte. Eigentlich hätte sie sich sofort aus dieser Berührung befreien sollen, doch Bastet blieb ruhig stehen und erwischte sich sogar dabei, dass sie diese Nähe sogar ein wenig genoss. Es erinnerte sie an die Hochzeit vor einem Mondlauf, auf welcher sie und Morpheus getanzt hatten.

»Was führt dich hierher?«, fragte Bastet schließlich, als die Sonne am Horizont verschwunden war und nun Sterne den Himmel zierten.

»Ich wollte dich wiedersehen.«

Seine ehrliche Antwort verblüffte Bastet, sodass sie sich ihm nun zuwandte und ihn sprachlos anblickte, während ihr Herz immer schneller zu schlagen schien.

»Deine goldenen Augen ziehen mich immer wieder in ihren Bann und ich könnte mich jeden Tag aufs Neue in ihnen verlieren«, fuhr er fort, ehe er eine Hand unter ihr Kinn legte und mit dem Daumen über ihre Unterlippe fuhr.

»Und deine wunderschönen Lippen, von denen ich nur zu gerne kosten würde«, flüsterte er schließlich, sah ihr nun direkt in die Augen und Bastet konnte Verlangen erkennen. Das gleiche Feuer, welches sich auch in ihr entfachte.

Langsam näherte sich sein Gesicht dem ihren und Bastet schloss ihre Augen, ehe sie auch schon seine Lippen spürte und sie beide in einem Kuss verschmolzen.

# Zia

# Kapitel 8

Einen Tag später war Zia am frühen Morgen wieder im British Museum. Diesmal hatte sie ihren Kater allerdings nicht vergessen, er lag wie immer zusammengerollt im Rucksack und war ganz artig.

Als sie die Abteilung für ägyptische Ausstellungsstücke betrat, fiel ihr sofort die Vitrine gegenüber der schwarzen Mumie auf. Sie war zerborsten und es sah so aus, als sei jemand mit voller Wucht hineingefallen. Um sie wuselten Mitarbeiter, der Bereich war abgesperrt und Besucher wurden gebeten, weiterzugehen. Leider war es so auch unmöglich, die schwarze Mumie genauer zu betrachten. Dennoch versuchte Zia, so nah wie nur möglich heranzukommen. Doch je näher sie der Mumie kam, umso lauter wurde Cupcakes Knurren im Rucksack.

»Pssst!«, wies sie ihn flüsternd zurecht und näherte sich weiter dem Objekt ihrer Begierde. Cupcake wurde immer unruhiger, fauchte nun sogar, sodass Zia nichts weiter übrigblieb, als wieder zurückzugehen, denn so langsam begannen die anderen Museumsbesucher sich nach dem Geräusch umzusehen. Kaum waren sie beide aus dem Raum, war der Kater im Rucksack auch schon wieder ruhig. Zia verstand nicht, was los war. Vielleicht hatte einer der Mitarbeiter ein Parfum, das Cupcake nicht mochte? Sie war schließlich schon öfter mit ihm hier gewesen und noch nie hatte er sich so verhalten.

Erneut versuchte Zia es, denn irgendetwas an dieser schwarzen Mumie schien sie magisch anzuziehen. Doch kaum betrat sie zum zweiten Mal den Raum, wurde Cupcake wieder unruhig, knurrte und fauchte leise.

»Schon gut, ich gehe ja!«, grummelte Zia schließlich nach dem vierten Versuch und ging in den zweiten Raum der ägyptischen Ausstellung. Hier war Cupcake ganz ruhig. Offenbar gefiel ihm lediglich die Mumie nicht. Ob wieder seine Eifersucht durchkam, weil sie sich derzeit sehr für die Mumie interessierte? Aber warum verstand er sich dann so gut mit Morpheus, wenn dieser ebenfalls ihre Aufmerksamkeit beanspruchte? Dagegen hatte Cupcake komischerweise nichts.

Schweigend ging Zia zwischen den Vitrinen hindurch, war mit den Gedanken aber immer noch bei der Mumie und dem seltsamen Verhalten ihres Katers.

*»Bastet!«*

Erschrocken zuckte Zia zusammen, als sie wieder diesen Namen hörte. Verwundert blickte sie sich um, versuchte ausfindig zu machen, wer diesen Namen gesagt hatte. Aber sie sah nichts weiter als Museumsbesucher, die damit beschäftigt waren, die Artefakte zu studieren.

*»Bastet, hör mir zu!«*, hörte sie wieder diese Stimme, die ihr seltsam vertraut vorkam, obwohl sie ziemlich sicher war, sie noch nie zuvor gehört zu haben.

In ihrem Rucksack regte sich Cupcake und als sie über die Schulter zu ihm lugte, konnte sie sehen, wie er neugierig etwas zu fixieren schien. Zia folgte seinem Blick und schrie beinahe auf, als sie bemerkte, dass eine kleine Figur des Anubis sich bewegte.

*»Bastet, ich möchte, dass du dich von dem schwarzen Sarkophag fernhältst! Es ist zu gefährlich, allein bist du ihm nicht gewachsen!«*, warnte die kleine Holzfigur sie. Zia verstand das alles nicht, wie war es möglich, dass ein Anubis aus Holz zu ihr sprach?

Einen Moment lang schloss sie ihre Augen und atmete tief durch, ehe sie wieder die kleine Statue ansah. Sie stand genauso da, wie die anderen Figuren. Cupcake verzog sich wieder zurück in den Rucksack und rollte sich dort zusammen.

Eine halbe Stunde später stand Zia bei Charlotte vor der Tür und klingelte energisch. Drinnen hörte sie schon Mr X laut kläffen und kurz darauf wurde auch schon die Tür geöffnet.

»Hey, Charlotte, ich muss dringend mit dir-«, begann Zia, verstummte aber, als sie bemerkte, dass Zach geöffnet hatte. Dieser sah sie wieder mit seinem besten Lächeln an und fuhr sich mit der Hand durch die Haare, während Mr X munter kläffend an ihr hochsprang, um sie zu begrüßen.

»Hey, Zia! Schön, dich zu sehen! Charlotte ist im Wohnzimmer, ich weiß aber nicht, ob sie gerade Zeit für dich hat. Ihr neuer Freund ist vor einer Stunde hergekommen und seitdem kleben die zwei wild knutschend aneinander«, erklärte er, woraufhin Zia eine Augenbraue hob.

»Charlotte hat einen Freund? Das hat sie mir ja gar nicht erzählt!«, erwiderte sie und kniete sich kurz runter, um den kleinen Welpen zu streicheln. Mr X freute sich über die Begrüßung, aber als aus Zias Rucksack wieder ein Knurren erklang, ließ sie den Welpen lieber wieder los. Sie wollte nicht riskieren, dass Cupcake den Kleinen attackierte, weil er eifersüchtig war.

Zach lächelte, ehe er Zia hereinließ, die Haustür schloss und sie dann ins Wohnzimmer brachte. Das Bild, welches sich Zia dort darbot, ließ sie kurz erstarren.

Eros saß auf der Couch und auf seinem Schoß befand sich Charlotte. Die beiden waren eng umschlungen und, wie Zach bereits erwähnt hatte, in eine wilde Knutscherei verwickelt.

»Seit einer Stunde sitzen sie so da?«, fragte Zia und Zach nickte. Er sah genauso begeistert aus wie sie, nämlich gar nicht.

»Charlotte? Ich muss mit dir reden!«, versuchte Zia es, aber es kam keine Reaktion ihrer besten Freundin.

»Charlotte! Zia ist hier!«, sagte nun Zach, aber auch diesmal folgte keine Reaktion, die beiden auf der Couch knutschten munter weiter.

Seufzend und ein wenig verzweifelt wandte Zia sich Zach zu. Sie brauchte ihre beste Freundin, sie musste ihr unbedingt erzählen, was im Museum passiert war!

»Willst du vielleicht mit mir reden?«, bot Zach an, als er ihren Blick sah. Zia überlegte kurz, sah nochmal zu ihrer Freundin, aber da diese wohl wirklich nicht von Eros zu trennen war, nickte sie schließlich und folgte dem Bruder ihrer besten Freundin in dessen Zimmer. Da sie ihn schon seit dem Kindergarten kannte, vertraute sie ihm ebenso wie Charlotte.

»Setz dich«, meinte Zach schließlich und deutete auf sein Bett. Zia ließ sich auf diesem nieder, nahm den Rucksack ab und holte Cupcake heraus.

»Sei artig«, ermahnte sie ihn, als er schon wieder angriffslustig zu Mr X blickte. Aber Cupcake blieb auf ihrem Schoß und rührte sich nicht, behielt nur den Welpen im Auge, welcher aber Sicherheitsabstand hielt.

»Also erzähl schon, was ist passiert?«, fragte Zach, setzte sich auf den Fußboden und nahm den Beagle zu sich auf den Schoß, damit dieser nicht doch auf Cupcake zustürmte.

»Ich war im Museum«, begann sie zu erzählen. »Ich wollte mir nochmal diese schwarze Mumie anschauen, irgendetwas scheint mit ihr nicht zu stimmen. Jedenfalls... je näher ich ihr kam, umso aggressiver wurde Cupcake. Und dann wurde plötzlich eine Anubisfigur lebendig und sagte mir, ich solle mich von dem Sarkophag fernhalten. Zach, ich weiß, das klingt verrückt, aber es ist wirklich passiert!«, fuhr sie fort und streichelte währenddessen durch Cupcakes flauschiges Fell. Das beruhigte sie immer und im Moment hatte sie das wirklich nötig. Hoffentlich hielt Zach sie jetzt nicht für verrückt und brachte sie in die nächste Psychiatrie.

»Vielleicht war das nur die Wärme. Es ist heute sehr heiß und im Museum ist es immer sehr stickig. Hast du heute schon etwas gegessen? Hast du genug getrunken?«, fragte Zach sie nach einer Weile besorgt, aber Zia wollte sich nicht so einfach abspeisen lassen.

»Zach, das ist wirklich passiert! Ich weiß, es klingt unglaubwürdig, aber bitte, du musst mir glauben!«, erwiderte sie aufgebracht und klammerte sich an ihren Kater.

»Zia, komm schon. Figuren werden nicht lebendig«, versuchte Zach, sie zu beschwichtigen, aber Zia ließ sich nicht abwimmeln.

»Und wie erklärst du dir Cupcakes Reaktion?«, fragte sie nun, doch auch darauf hatte Zach eine passende Antwort.

»Es ist heute überall in den Nachrichten, dass zwei Personen ins Museum eingebrochen sind. Den Bildern zufolge war es genau dort, wo die Mumie steht. Ich denke, Cupcake gefiel es nicht, dass du in eine Menge von fremden Männern gehen wolltest. Du weißt doch, wie eifersüchtig das Biest sein kann«, sagte er, wofür er nun einen bösen Blick von Zia erntete.

»Cupcake ist kein Biest! Er passt auf, dass mir nichts passiert!«, machte sie Zach klar, welcher nun eine Augenbraue hob.

»Achja?«, fragte er und streckte die Hand nach Zia aus. Sofort fauchte Cupcake und knurrte Zach an. »Von wegen beschützen. Ein Biest ist er«, sagte Zach erneut, während Zia ihrem Kater sanft den Rücken streichelte.

»Cupcake ist ein schlauer Kater. Er weiß, dass du ihn nicht magst«, meinte sie und kraulte Cupcake hinter den Ohren. Der Kater schnurrte genüsslich und ließ sich das gefallen.

»Ich sollte besser nach Hause gehen. Vermutlich hast du recht, es muss an der Hitze liegen. Ich sollte Zuhause etwas essen und mich dann ausruhen«, sagte Zia schließlich, da Zach ihr nicht glauben würde, ganz egal, wie sehr sie versuchte, ihn zu überzeugen.

»Du kannst doch auch hier etwas essen und dich ausruhen«, bot Zach an, aber Zia schüttelte den Kopf.

»Nein danke. Es ist lieb von dir, dass du mir zugehört hast, aber nun möchte ich lieber nach Hause«, erwiderte sie, erhob sich und ging wieder aus dem Zimmer.

Als sie am Wohnzimmer vorbeikam, waren Eros und Charlotte immer noch schwer beschäftigt damit, sich gegenseitig so ausgiebig wie nur möglich zu küssen.

Kopfschüttelnd setzte Zia Cupcake wieder in den Rucksack, verabschiedete sich von Zach und bat ihn noch, Charlotte zu sagen, dass sie sie anrufen sollte, sobald Eros gegangen war. Anschließend machte sie sich auf den Weg zur U-Bahn, entschied sich aber auf halbem Weg dazu, lieber ein wenig zu Fuß zu gehen. Die frische Luft und der Spaziergang würden ihr sicher helfen, den Kopf freizubekommen.

# Morpheus

# Kapitel 9

»Du errätst nie, wer deiner Bastet heute einen Besuch abgestattet hat«, sagte Eros mit einem breiten Grinsen, als er am Abend in die Wohnung kam. Morpheus hob eine Augenbraue.

»Anubis. Er hat deine Liebste vor der schwarzen Mumie gewarnt«, fuhr Eros fort und sofort richtete sich Morpheus gesamte Aufmerksamkeit auf den Gott der Leidenschaft.

»Was? Woher weißt du das?«, wollte er direkt wissen, bekam aber statt einer Antwort zunächst nur ein Grinsen.

»Ich war doch heute bei Charlotte, um ein wenig über Zia herauszufinden. Nun, Zia tauchte dann selbst dort auf, sie wollte mit Charlotte reden. Da Charlotte aber mit mir beschäftigt war, ist sie mit deren Bruder in dessen Zimmer verschwunden«, begann Eros zu erzählen und Morpheus ballte unwillkürlich die Hände zu Fäusten. Es gefiel ihm nicht, dass dieser Mensch an seiner Bastet interessiert war und sie allein mit ihm in seinem Zimmer gewesen war.

»War Kosey dabei?«, wollte Morpheus wissen. Wenn der Kater ebenfalls anwesend gewesen war, dann konnte er wenigstens sicher sein, dass Zach Zia nicht angefasst hatte.

»Beruhige dich. Klar war der Kampfkater dabei und er hat deine Zia auch artig verteidigt«, versicherte Eros lachend. »Na jedenfalls hat sie erzählt, dass sie wieder im Museum gewesen ist. Kosey hat aggressiv auf den Sarkophag reagiert und dann erwachte eine der Anubisfiguren zum Leben und warnte sie, dass sie sich der schwarzen Mumie nicht nähern soll«, erzählte er dann zu Ende. »Zia weiß natürlich nicht, dass ich meine göttlichen Kräfte benutzt habe, um zu lauschen. Zach hat ihr nicht geglaubt und sie ist dann recht schnell wieder gegangen«, fügte er noch hinzu, woraufhin Morpheus nachdenklich nickte.

»Ich denke, es wird Zeit, dass ich Anubis selbst besuche. Im Internet und auch in der British Library konnte ich nichts finden, ich habe den ganzen Tag nichts weiter getan, als zu recherchieren. Aber die Menschen wissen nichts darüber. Willst du mich in die ägyptische Unterwelt begleiten?«, fragte Morpheus, aber Eros schüttelte den Kopf.

»Nein, ich werde hierbleiben und ein wenig über Athenas Rätsel brüten. Ich habe versucht, Hilfe von

Charlotte zu holen, aber sie wusste auch nichts und konnte mir nicht helfen«, antwortete er. Morpheus lachte.

»Dabei ist die Lösung so simpel. 'Durch einen Bund besiegelt und nie mehr entzweit. Sprengt alle Ketten auch durch Raum und Zeit' sagt doch eigentlich schon alles und dabei sind das nur die letzten zwei Zeilen«, meinte Morpheus amüsiert, ehe er sich dann aber auflöste und verschwand.

»Ich habe dich schon erwartet. Es wundert mich, dass du mich erst jetzt aufsuchst«, sagte Anubis, kaum dass Morpheus die große, steinerne Halle betreten hatte.

»Ich dachte mir, es wäre keine gute Idee, herzukommen. Du weißt ja, wie die anderen Götter dazu stehen. Allerdings wollte Athena mir nicht weiterhelfen und bei den Menschen konnte ich auch nichts herausfinden. Aber Eros hat mir erzählt, dass du Bastet gewarnt hast. Also hatte ich recht und in diesem Sarkophag verbirgt sich etwas Gefährliches«, sagte Morpheus und bemerkte, wie sich Anubis Miene verdüsterte.

»Ja, du hattest recht. Allerdings ist er nicht nur eine Gefahr für Bastet, sondern auch für dich. Du weißt, sie ist wie eine Schwester für mich und sie würde es mir nie verzeihen, wenn dir etwas zustößt. Er wird alles tun, um euch zu entzweien und wieder an die Macht zu kommen«, antwortete der ägyptische Gott ernst. Nun verdüsterte sich auch Morpheus Miene.

»Du meinst, es ist...?«, fragte er und Anubis nickte.

»Ja. Er war es auch, der euch beide damals verraten hat, weil er Bastet allein für sich wollte. Du solltest also wirklich alles versuchen, dass sie sich von ihm fernhält, solange sie sich noch nicht erinnern kann«, riet er Morpheus.

»Ja, das wird das Beste sein. Es wird ihr nicht gefallen, aber wenn sie erst ihre Erinnerungen zurück hat, wird sie es verstehen, da bin ich sicher«, stimmte er Anubis zu.

»Wissen die anderen schon, dass Bastets Seele wiedergeboren wurde und langsam erwacht?«, wollte er dann wissen, doch Anubis schüttelte den Kopf.

»Nein, sie haben es noch nicht bemerkt. Allerdings ist das nur eine Frage der Zeit, ihre Kräfte werden langsam erwachen und dann werden auch die anderen sie bemerken«, antwortete er. Morpheus nickte wieder, dann verschwand er. Er wollte Zia in ihrem Traum besuchen. Inzwischen war es spät, sodass sie schlafen sollte.

*Wie immer standen sie vor dem großen Mohnblumenfeld, er hielt sie in seinen Armen und sie schmiegte sich mit dem Rücken an seine Brust.*

*»Niemand will mir glauben. Aber ich weiß doch, was ich gesehen habe«, murmelte Zia traurig und lehnte nun auch den Kopf an ihn.*

*»Warum bist du nicht zu mir gekommen? Vielleicht hätte ich dir helfen können«, wollte Morpheus wissen. Zia schwieg einen Moment.*

*»Wenn mir schon ein Freund, den ich seit meiner Kindheit kenne, nicht glauben will, warum solltest du mir dann glauben?«, fragte Zia zurück.*

*»Ich bin nicht Zach. Er versteht vieles nicht, was ich durchaus verstehe«, antwortete Morpheus ruhig. »Du verstehst das alles auch nicht. Aber glaube mir, wenn die Zeit gekommen ist, dann wirst du es verstehen. Bis dahin musst du aber vorsichtig sein und bitte! Halte dich vorerst vom Museum fern! Ich weiß, dass Anubis dich bereits warnte. Es ist derzeit nicht sicher für dich, wenn du dorthin gehst«, warnte er sie, während er sie ein wenig fester an sich drückte. Er wollte sie nicht verlieren. Nicht schon wieder. Schließlich hatte er so viele Jahrhunderte auf sie gewartet und jeder einzelne Tag war die reinste Qual gewesen.*

*»Aber ich möchte verstehen...«, antwortete Zia, war aber deutlich beunruhigt über das, was er ihr eben eröffnet hatte.*

*»Ich weiß, dass du das möchtest. Du bist nun mal eine neugierige Katze. Doch wenn du weiterhin seinen Rufen folgst, wird er dich in die Dunkelheit ziehen und uns entzweien. Versprich mir, dass du vorsichtig sein wirst, Kätzchen. Wenn du nicht mir vertraust, dann vertraue auf*

*die Instinkte deines Katers. Auch er hat die Gefahr gespürt und wollte dich davor warnen und beschützen, also bitte, höre auf ihn«, bat er sie. Zia schwieg einen Moment, nickte aber schließlich.*

*»In Ordnung. Ich werde das Museum vorerst nicht mehr aufsuchen und mich fernhalten«, versprach sie ihm.*

*»Ich muss nun gehen. Ich werde dafür sorgen, dass du immer in Sicherheit bist, mein Kätzchen. Nichts auf der Welt ist mir wichtiger, denke immer daran. Du stehst an erster Stelle«, sagte Morpheus, gab ihr einen innigen Kuss auf die Schläfe und verließ ihren Traum wieder.*

Wie schon in der vergangenen Nacht war es sehr dunkel im Museum. Es waren einige Wachmänner mehr da und die Vitrine, in die er gekracht war, war noch nicht ersetzt worden. Doch abgesehen davon, war alles wie bei seinem letzten Besuch.

Unsichtbar für die Menschen trat Morpheus entschlossen vor den schwarzen Sarkophag.

»Ich weiß nun, wer du bist. Glaube nicht, dass ich zulassen werde, dass du Bastet erneut schadest, ich werde sie beschützen! Außerdem ist sie gewarnt und wird nicht wieder versuchen, herzukommen, ganz egal, was du auch versuchen magst«, sagte Morpheus bedrohlich. Die goldenen Augen auf dem Sarkophag begannen zu leuchten, doch für die Menschen schien es nicht sichtbar zu sein, denn die Wachmänner zeigten keine Regung.

»Du kannst mich also hören, sehr gut. Dann weißt du ja, dass du nicht mehr an sie herankommen wirst. Anubis wird Re benachrichtigen, dass er den Fluch verstärken muss, der dich an diesen leblosen Körper bindet. Er ist nicht dumm und wird wissen, dass man dich nicht unbeobachtet lassen darf, wenn du offensichtlich wieder nach der Macht greifen willst«, fuhr Morpheus fort und lächelte triumphierend.

Doch ganz plötzlich wurde es eiskalt im Raum. Eisblumen bildeten sich an den Glasvitrinen und die Wachmänner wurden aufgrund des plötzlichen Temperatursturzes nervös, ihr Atem gefror und die sommerliche Kleidung bot keinen Schutz vor der Kälte.

»Mir kannst du keine Angst machen!«, sagte Morpheus zu der Mumie, trat einen Schritt zurück und wollte wieder zurück zu Eros. Doch bevor er sich auflösen konnte, wurde er plötzlich von schwarzem Rauch eingehüllt und verlor das Bewusstsein.

# Morpheus lernt Kosey kennen

Morpheus wartete inmitten der Mohnblumen auf Bastet. Sie hatten sich für verabredet und sie hatte ihm gesagt, dass sie ihm heute jemand ganz besonderen vorstellen wollte. Noch hatte er keine Ahnung, wer das sein sollte, aber er war gespannt.

Es dauerte auch nicht lange, da erschien Bastet direkt neben ihm, aber noch bevor er etwas sagen konnte, versenkten sich kleine Zähnchen in seinem Arm.

»Aua!«, schrie er erschrocken auf und erblickte dann eine braune Katze auf Bastets Arm.

»Kosey, lass das!«, rügte Bastet ihr Haustier und sah dann lächelnd zu Morpheus, welcher allein für dieses Lächeln die Dreistigkeit des Katers vergaß.

»Hallo, Kätzchen. Ist das dieser besondere jemand, den du mir vorstellen möchtest?«, fragte er und nickte zu dem Kater auf ihrem Arm.

Bastet gab Morpheus einen Kuss, ehe sie nickte.

»Ja, das ist Kosey. Er ist mein ständiger Begleiter, wenn er denn nicht gerade schläft oder etwas frisst. Kosey ist keine gewöhnliche Katze, er kann sich verwandeln und hat dann ein Fell aus Feuer, um mich vor Bösewichten zu beschützen«, erzählte sie, bevor sie Koseys weiches Fell streichelte. Noch immer sah der Kater Morpheus böse an.

»Bösewichte wie mich?«, scherzte Morpheus und Bastet lachte.

»Verzeih. Kosey ist furchtbar eifersüchtig, wenn es um mich geht. Er teilt nicht gerne«, erklärte sie, was nun Morpheus zum Lachen brachte.

»Da haben dein Kater und ich etwas gemeinsam. Ich hoffe nur, dass er und ich uns deswegen nicht zerstreiten und du dich am Ende für einen von uns entscheiden musst«, meinte er amüsiert, stupste Koseys Nase an und bekam direkt wieder dessen spitze Zähne zu spüren.

»Er wird sich schon an dich gewöhnen«, versicherte Bastet ihm und setzte Kosey ab, bevor sie sich endlich in die Arme ihres Liebsten schmiegte.

# Zia

# KAPITEL 10

Zia saß am Frühstückstisch, aß ihre Cornflakes und fütterte Cupcake mit kleinen Lachsstreifen. Artig saß der Kater neben ihr und wartete geduldig auf sein nächstes Stück Fisch, welches er kurz darauf auch bekam.

»Zach hat ja gar keine Ahnung, was für ein lieber Schatz du bist!«, sagte sie lächelnd und streichelte Cupcake sanft, ehe sie ihm den Teller mit dem restlichen Lachs auf den Boden stellte. Sofort machte der Kater sich darüber her und tat sein Wohlsein mit lautem Schnurren kund.

Plötzlich klingelte das Telefon, aber Zias Mutter ging bereits hin und nahm den Hörer ab.

»Zia, es ist für dich!«, gab sie Bescheid, als sie auch schon in die Küche kam und ihrer Tochter das Telefon reichte.

»Hallo?«, fragte Zia, nachdem sie den Hörer entgegengenommen hatte.

»Hey, Zia, hier ist Morpheus. Ich würde mich heute gern mit dir treffen. In einer Stunde am Park, wo wir an deinem Geburtstag waren?«, fragte Morpheus direkt und Zia fühlte sich ein wenig überfahren. Eigentlich hatte sie den heutigen Tag allein verbringen wollen. Schließlich war seit ihrem Geburtstag eine Menge passiert und sie hatte ein wenig zur Ruhe kommen wollen. Aber nun, da Morpheus schon anrief und sich mit ihr treffen wollte, konnte sie nicht einfach absagen.

»Ja, das können wir gern machen. Bis nachher dann«, sagte sie also zu und legte nach einer kurzen Verabschiedung wieder auf. Erst als der Hörer wieder neben ihr lag, fiel ihr auf, dass er sich irgendwie seltsam angehört hatte. Aber vielleicht hatte sie sich das auch nur eingebildet.

»Sieht so aus, als müssten wir unseren Faulenzertag auf morgen verschieben!«, sagte sie zu Cupcake, welcher nun fragend zu ihr aufsah und sich das Mäulchen schleckte. »Morpheus will sich mit mir treffen«, erklärte sie und streichelte ihren plüschigen Kater, welcher sich nur zu gerne an ihre Hand schmiegte.

Eine Stunde später war Zia mit Cupcake im Park und stand an genau der Stelle, wo sie an ihrem Geburtstag bereits mit Morpheus gewesen war. Da sie einige Minuten früher da war, musste sie etwas warten.

»Schön, dich zu sehen«, sagte Morpheus zur Begrüßung, zog sie direkt an sich und küsste sie ziemlich wild. Zia gefiel das absolut nicht und sie drückte ihn sofort wieder weg.

»Was soll das?«, fragte sie ein wenig wütend und auch Cupcake sprang aufgebracht auf ihre Schulter und fauchte ihn an.

»Entschuldige, meine Gefühle haben mich übermannt«, entschuldigte sich Morpheus und hatte wenigstens den Anstand, verlegen dreinzublicken.

»Gibt es einen Grund, warum du dich mit mir treffen wolltest?«, fragte Zia dann und bemerkte, dass Cupcake Morpheus aggressiv ansah. Das war schon seltsam, denn eigentlich verstanden die beiden sich doch. Aber vielleicht entwickelte Cupcake nun auch Morpheus gegenüber Eifersucht, die er auch bei Charlotte und Zach hatte.

»Ich wollte dich sehen, ist das denn kein Grund?«, fragte Morpheus und lächelte sie an. Es war allerdings nicht das Lächeln, welches Zia von ihm kannte, es war irgendwie... anders.

Bevor sie allerdings etwas sagen konnte, tauchte Zach auf.

»Zia! Was für ein Zufall! Was machst du denn hier?«, fragte er, als er näher kam. Er war offensichtlich mit Mr

X spazieren, denn der kleine Beagle rannte glücklich hinter ihm her und wedelte munter kläffend mit dem Schwanz, als er Zia entdeckte.

Als sie bei ihr und Morpheus ankamen, umarmte Zach sie zur Begrüßung, so wie er es oft tat. Cupcake knurrte zwar wieder, duldete aber die Begrüßung. Morpheus hingegen duldete das nicht und zerrte Zach förmlich von Zia weg.

»Lass deine Finger von ihr!«, fuhr er ihn an, woraufhin Cupcake auf Zias Schulter einen Katzenbuckel machte und wild fauchte.

»Was ist nur los mit dir? Lass Zach sofort los, er hat nichts getan!«, wies sie Morpheus zurecht. Dieser sah sie nun an, ließ Zach aber nicht los.

»Er hat sich vollkommen unpassend verhalten!«, erklärte er sein gereiztes Verhalten, aber Zia ließ ihm das nicht durchgehen.

»Unpassendes Verhalten? Zach ist einer meiner besten Freunde, seit ich laufen kann! Er hat jedes recht dazu, mich zu umarmen. Du hingegen kommst hier an und küsst mich einfach, ohne überhaupt irgendwelche Rechte zu haben!«, fuhr sie ihn an. Auch Mr X kläffte ihn aus, da er sein Herrchen beschützen wollte. Morpheus aber schien das nicht zu beeindrucken.

»Es hat dir doch gefallen, also warum regst du dich auf?«, wollte er wissen, bevor er den kleinen Welpen heftig wegtrat, woraufhin dieser aufjaulend zwei Meter flog und laut krachend auf den Boden fiel. Ein Winseln war zu hören.

»Das reicht jetzt!«, schrie Zia, da sie sich nicht mehr zu helfen wusste. Cupcake nahm ihre Hilflosigkeit als Erlaubnis und sprang Morpheus an, biss ihm wild knurrend ins Gesicht. Sofort ließ Morpheus Zach los und versuchte, den Kater loszuwerden.

»Verdammtes Katzenvieh!«, regte Morpheus sich auf, packte Cupcake grob am Fell und warf ihn hart auf den Rasen. Doch der Kater ließ sich das nicht so einfach gefallen. Sofort war er wieder auf den Beinen und griff Morpheus abermals an.

»Verschwinde!«, verlangte Zia von Morpheus, welcher dank Cupcake keine andere Wahl hatte. Wütend warf er dem Kater noch einen Blick zu, murmelte etwas Unverständliches und ging aufgebracht.

»Mein Held!«, sagte Zia schließlich, nahm Cupcake auf den Arm und drückte ihn an sich, ehe sie zu Zach eilte, der nach Mr X sah.

»Wie geht es ihm?«, fragte sie besorgt.

»Es scheint ihm nichts zu fehlen. Aber ich werde trotzdem lieber einen Tierarzt aufsuchen, falls er innere Verletzungen hat«, antwortete Zach, während er den kleinen Welpen ganz vorsichtig auf den Arm nahm.

»Soll ich mitkommen?«, fragte Zia und streichelte den Beagle ganz behutsam.

»Danke, aber das ist nicht nötig. Gehe lieber wieder nach Hause und sieh zu, dass du sicher ankommst. Dieser Typ hat sie doch nicht mehr alle! Melde dich bitte, wenn du Zuhause bist, damit ich weiß, dass dir nichts passiert ist«, erwiderte Zach und umarmte Zia nochmal.

Am Abend verstand Zia das alles immer noch nicht. Zach hatte sie mittags angerufen und ihr gesagt, dass mit Mr X alles in Ordnung war, er war nach dem Tritt von Morpheus ein wenig schreckhaft und musste sich davon erst wieder erholen. Zia war erleichtert, dass es dem Welpen soweit gut ging, niemals hätte sie es Morpheus verziehen, wenn er ihn ernsthaft verletzt hätte.

Noch immer enttäuscht und traurig legte sie sich schließlich ins Bett und drückte Cupcake an sich, welcher wie immer eng an sie gekuschelt neben ihr lag. Ihr Blick glitt zu der gläsernen Mohnblume, die sie von Morpheus zu ihrem Geburtstag bekommen hatte. Sie hatte geglaubt, dass er ein freundlicher und netter Kerl war, aber offenbar war er nicht anders, als fast alle anderen Männer auch. Er hatte sich erst bei ihr eingeschmeichelt und nun war er aufdringlich. Allerdings musste sie auch zugeben, dass sich Morpheus Anwesenheit heute Morgen irgendwie falsch angefühlt hatte. Dieses Gefühl von Wärme und Sicherheit hatte gefehlt, stattdessen war da eine seltsame Kälte gewesen. Und dann war da auch noch die Tatsache, dass Cupcake sich ihm gegenüber plötzlich so aggressiv verhielt...

Ihren Kater an sich drückend schloss Zia nun müde die Augen und hoffte, schnell einzuschlafen. Es war ein anstrengender Tag gewesen.

*Als Zia im Traum die Augen öffnete, sah sie wieder das altbekannte Mohnblumenfeld. Allerdings war diesmal etwas anders. Sie konnte Morpheus hinter sich spüren, er hielt sie jedoch nicht im Arm. Es war auch wieder das wohlig warme Gefühl da, welches sie in seiner Gegenwart hatte, nicht diese seltsame Kälte, die sie am Morgen wahrgenommen hatte.*

*Zia wartete, dass er etwas sagen oder sie in den Arm nehmen würde, aber nichts geschah. Als sie sich zu ihm umdrehen wollte, war da wie immer diese seltsame Blockade, die sie davon abhielt.*

*»Warum hast du dich heute so verhalten?«, fragte sie schließlich, versuchte, irgendwie nach hinten zu sehen, aber sie konnte den Kopf nicht drehen und aus den Augenwinkeln konnte sie nicht genug erkennen.*

*»Ich habe einen schrecklichen Fehler gemacht«, antwortete Morpheus ihr. Er schien also Reue zu zeigen.*

*»Das hast du. Du hast Glück, dass dem armen Welpen nichts passiert ist. Du solltest dich auch bei Zach entschuldigen«, antwortete Zia ihm.*

*»Das meinte ich nicht«, sagte Morpheus nun und Zia runzelte die Stirn. »Ich wollte dich beschützen und habe die Gefahr dabei unterschätzt. Das heute, das war nicht ich. Es mag so gewirkt haben, aber ich war nicht ich*

*selbst«, fuhr er fort. Zia schwieg einen kurzen Moment und dachte darüber nach, was sie ihm antworten sollte.*

*»Ich wusste gleich, dass etwas nicht stimmte«, antwortete sie schließlich. Sie ahnte, dass mehr dahinter stecken musste, als sie vielleicht wusste, aber sie war sicher, dass sie die Wahrheit noch rausfinden würde.*

*»Lass mich raten: Auch Cupcake hat sich seltsam verhalten?«, fragte Morpheus, woraufhin Zia nickte.*

*»Ja, er hat dich angefaucht und angeknurrt. Aber das weißt du doch, du warst doch dabei«, meinte sie verwirrt. Warum fragte er sie das, wenn er das doch wusste?*

*»Nein, ich war nicht anwesend. Mein Körper war es, aber meine Seele ist woanders gefangen. Bitte, sei vorsichtig. Nur im Traum kannst du mir noch vertrauen. Ich möchte dich auch bitten, Eros zu informieren. Sag ihm, dass ich durch unseren ägyptischen Freund die nötigen Informationen erhalten habe und als ich mich um das Problem kümmern wollte, ist alles schief gelaufen«, bat er sie, was Zia nur noch mehr verwirrte.*

*»Ich verstehe nicht...«*

*»Das wirst du«, versicherte er ihr. Dann löste sich das Mohnblumenfeld auf und Zia fiel in einen tiefen, traumlosen Schlaf.*

# Eros

# Kapitel 11

»Du bist so unruhig«, bemerkte Eros, während er auf der Couch lag und Morpheus beobachtete. Seit er gestern von dem Treffen mit Bastet zurückgekommen war, war der Gott der Träume rastlos, lief dauernd hin und her, murmelte irgendetwas vor sich hin und schien vollkommen neben der Spur zu sein.

»Willst du mir immer noch nicht erzählen, was passiert ist? Du weißt, ich kenne mich mit Liebesdingen bestens aus, also vielleicht kann ich dir helfen«, schlug er vor, erntete aber einen schlecht gelaunten Blick.

»Du würdest mir schon sehr helfen, wenn du verschwinden würdest!«, fuhr Morpheus ihn an. Eros fand das wirklich seltsam. Es hatte nie Geheimnisse zwischen ihnen gegeben und Morpheus wusste doch, dass er alles tun würde, um ihm und Bastet zu helfen.

»Na schön, dann gehe ich nachsehen, was die hübsche Charlotte heute vorhat«, antwortete Eros. Morpheus wank nur übel gelaunt ab und verschwand in das Nebenzimmer. Eros rollte mit den Augen. Charlotte würde er definitiv nicht aufsuchen, er würde zu Zia gehen und sie fragen, was am gestrigen Morgen vorgefallen war.

Kurzerhand löste der Gott der Leidenschaft sich auf und materialisierte sich vor Zias Haus. Genau in dem Moment, in welchem sein Handy klingelte.

Unbekannte Nummer.

Verwundert nahm Eros ab.

»Ja?«, meldete er sich und wartete ab.

»Hallo, Eros, hier ist Zia. Charlotte hat mir deine Nummer gegeben, ich muss mit dir sprechen. Wo bist du, können wir uns treffen?«, fragte das Mädchen, was Eros ein Lächeln entlockte.

»Trifft sich sehr gut, ich wollte ebenfalls mit dir sprechen und stehe gerade vor deinem Haus«, antwortete er. Sekunden später wurde im ersten Stock eine Gardine zur Seite geschoben und er konnte Zia sehen, wie sie zu ihm runter blickte.

»Ich lasse dich rein«, meinte sie, bevor sie auflegte und vom Fenster verschwand. Eros ging zur Haustür, welche sie kurz darauf auch schon öffnete.

»Hallo, schönes Mädchen. Das trifft sich ja wirklich gut, dass du mich auch sprechen willst«, begrüßte er Zia und umarmte sie kurz. Hinter ihr stand ihr Kater und beäugte ihn skeptisch.

»Ach komm schon, wir kennen uns doch! Bist du bestechlich?«, fragte er, zauberte schnell Katzenleckerchen in seine Hosentasche und kniete sich damit hin, um den mürrischen Kater zu besänftigen. Natürlich kannte er Kosey, der Kater hatte schließlich seit Bastets Tod bei Morpheus gelebt. Richtige Freunde waren sie beide aber nie geworden, Kosey hatte ihn die Jahrhunderte über lediglich geduldet.

Als Eros ihm nun die Leckerchen hinhielt, schnupperte der Kater mit seinem typisch mürrischen Blick, ehe er das Geschenk aber doch annahm. Er futterte es auf und gab Eros dann zu verstehen, dass er hier nicht willkommen, aber geduldet war. Schließlich gab es Probleme, die sein Frauchen nicht allein lösen konnte.

»Dieser Kater«, sagte Zia amüsiert, als der Kleine arrogant nach oben lief. »Gehen wir in mein Zimmer. Meine Eltern sind zwar arbeiten, aber falls sie früher nach Hause kommen, ist es besser, wenn wir ungestört sind«, sagte sie dann, woraufhin Eros unwillkürlich grinsen musste. Zia rollte mit den Augen.

»Nicht deswegen! Ich bin nicht Charlotte, ich knutsche nicht gerne mit Jungs rum, die ich kaum kenne!«, wies sie ihn direkt zurecht, ehe sie mit ihm in ihr Zimmer ging. Dort stand die funkelnde Mohnblume, die sie von Morpheus zum Geburtstag bekommen hatte, in einer hübschen Porzellanvase. Eros fiel auf, wie Zias Blick auf dem kostbaren Stück aus Rubinen und Smaragden ruhte. Sie wirkte irgendwie traurig.

»Warum wolltest du mit mir sprechen?«, fragte Eros und riss Zia damit aus ihren Gedanken. Kurz sah sie ihn an, ehe sie sich zu ihrem Kater auf das Bett setzte und diesen gedankenverloren streichelte. Eros setzte sich auf ihren Schreibtischstuhl.

»Gestern hat Morpheus sich merkwürdig verhalten«, begann sie und Eros nickte.

»Ja, er ist irgendwie ganz seltsam«, stimmte er ihr zu. Zia schwieg wieder. Es sah ganz so aus, als würde sie nun mit sich kämpfen, ob sie es ihm erzählen sollte oder nicht. Verdenken konnte er es ihr nicht, sie hatte schließlich etwas erlebt, was Menschen normalerweise nicht erlebten und ihr bester Freund hatte sie als verrückt hingestellt. Dass sie nun zögerte, sich einem fast Fremden anzuvertrauen, war nur mehr als verständlich.

»Glaubst du... an übernatürliche Dinge?«, fragte Zia schließlich und klang mehr als zögerlich.

»Du meinst Geister und sowas? Klar. Irgendwo müssen die Seelen doch hin, wenn sie nach dem Tod den Körper verlassen«, antwortete Eros locker, er wollte Zia die Angst nehmen, offen zu reden.

»Glaubst du, dass uns manchmal irgendwelche Wesenheiten besuchen, um uns vielleicht vor Unheil zu warnen?«, fragte Zia weiter und schien immer noch sehr unsicher zu sein.

»Warum denn nicht? Schon in der Bibel erscheint Gott einigen ausgewählten Menschen und überbringt ihnen Botschaften. Und auch bei den Griechen gibt es viele Geschichten, in denen die Götter sich den Menschen zeigten und sogar Kinder mit ihnen zeugten. Warum fragst du?«, fragte Eros nun zurück. Vielleicht half ihr seine Antwort ja, ein wenig lockerer ihm gegenüber zu werden.

Zia zögerte weiter.

»Ich habe seltsame Träume und im Museum ist auch etwas passiert«, begann sie irgendwann. Eros sagte nichts, forderte sie mit seinen Blicken dazu auf, weiterzusprechen.

»Morpheus begegnet mir jede Nacht. Seit jenem Tag, als wir uns das erste Mal trafen«, fuhr sie schließlich fort. »Letzte Nacht hat er mich gebeten, dir etwas auszurichten. Und in der Nacht zuvor hat er mich vor dieser schwarzen Mumie gewarnt.«

»Was sollst du mir ausrichten?«, wollte Eros wissen und war vollkommen ernst. Er wusste, dass Morpheus Bastet in ihren Träumen besuchte. Dass sie ihm nun etwas ausrichten sollte und das seltsame Verhalten von seinem besten Freund, das hing sicher zusammen.

Nervös kaute Zia auf ihrer Unterlippe herum. Cupcake kletterte auf ihren Schoß, maunzte sie aufmunternd an und schleckte ihr über den Arm. Vermutlich wollte er ihr ihre Angst nehmen.

»Morpheus wollte sich gestern mit mir treffen«, redete Zia nach einer Weile weiter. Eros wollte sie gern packen und die Nachricht aus ihr herausschütteln, die Morpheus ihr überbracht hatte, aber er zwang sich, ruhig zu bleiben. Sie würde ihm die Nachricht sicher noch überbringen.

Zia sprach weiter.

»Morpheus hat sich vollkommen anders verhalten als normalerweise und Cupcake hat ihn angefaucht, angeknurrt und sich sowieso seltsam benommen. Eigentlich verstehen die beiden sich sehr gut. Naja, jedenfalls kam Zach dazu, Charlottes Bruder. Er hat mich zur Begrüßung umarmt, aber Morpheus ist durchgedreht, hat Zach angegriffen, seinen Hund weggetreten und hörte erst auf, als Cupcake ihn ansprang«, erzählte sie ihm. Eros lauschte ihr hellhörig. Dieses Verhalten passte absolut nicht zu seinem besten Freund. Natürlich, er war eifersüchtig auf Zach. Allerdings wusste Morpheus, dass dieser Mensch einer von Zias Freunden war und würde deswegen niemals etwas tun, was ihm schaden würde. Auch Koseys Verhalten klang sehr merkwürdig. Über die Jahrhunderte hinweg waren der Gott der Träume und der freche Kater ein Herz und eine Seele geworden.

»Zia! Was hat Morpheus gesagt? Was sollst du mir mitteilen?«, fragte Eros eindringlich und ungeduldig. Er ahnte Schlimmes und wenn Zia es nun mit der Nachricht von Morpheus bestätigte, dann hatten sie ein ernsthaftes Problem.

Zia sah ihn an.

»Er hat gesagt, dass er euren ägyptischen Freund aufgesucht und die nötigen Informationen bekommen hat. Er wollte sich um das Problem kümmern, aber dann ist alles schief gelaufen. Eros, was bedeutet das? Morpheus sagte zu mir, dass er gestern nicht wirklich da war, nur sein Körper. Seine Seele ist woanders gefangen. Eros, bitte erkläre es mir, ich habe Angst!«, sagte sie und Eros schlimmste Befürchtungen bewahrheiteten sich. Aber wie sollte er das Zia nur erklären? Sie konnte Morpheus nicht helfen, zumindest nicht, solange sie ein Mensch war. Konnte das überhaupt jemand? Vielleicht sollte er Anubis aufsuchen, er konnte bestimmt etwas tun, wenn er schon Morpheus mit Informationen versorgt hatte.

»Eros?«

Zias ängstliche Stimme holte ihn aus seiner Gedankenwelt wieder zurück. Sofort war er wieder im Hier und Jetzt, ging auf Zia zu und kniete sich vor sie. Behutsam nahm er ihre Hände in seine.

»Lass Morpheus nicht wissen, dass wir die Wahrheit kennen. Versuche, dich nicht allzu oft mit ihm zu treffen und verhalte dich so normal wie nur möglich. Vertraue nur dem Morpheus, der in deinen Träumen mit dir spricht und wenn er heute Nacht wiederkommt, dann sage ihm, dass seine Nachricht angekommen ist und ich alles in Bewegung setzen werde, um ihn da raus zu holen und er sich um dich keine Sorgen machen muss«, sagte er ernst. »Du musst das alles noch nicht verstehen, vertraue mir und dem Morpheus in deinen Träumen einfach. Glaub mir, schon bald wirst du es verstehen«, versicherte er ihr, als er die Zweifel in ihren Augen sehen konnte. Es war verständlich, es musste alles sehr verrückt klingen, in den Ohren eines gewöhnlichen Menschen.

»Wenn du nicht mir oder Morpheus in deinen Träumen vertraust, dann vertraue deinem Kater. Cupcake hat hervorragende Instinkte und weiß ganz genau, wann du in Gefahr bist«, fügte er hinzu und bemerkte, dass Zia nun die Stirn runzelte.

»Was ist?«, wollte er wissen und Zia sah nachdenklich auf ihren Kater hinab.

»Morpheus sagte mir im Traum auch bereits, dass ich auf Cupcakes Instinkte vertrauen soll«, erklärte sie ihm, löste ihre Hände von seinen und streichelte ihrem Kater über das plüschige Fell.

»Na dann hast du bereits zwei, die der Meinung sind, dass du deinem Kater vertrauen solltest. Es ist jedenfalls sehr gut, dass du mir die Nachricht von Morpheus übermittelt hast. Sollten weitere, seltsame Dinge geschehen, dann kannst du mich jederzeit anrufen, meine Nummer hast du ja jetzt«, versprach er ihr. Sie war schließlich das Wichtigste im Leben seines besten Freundes, also würde er gut auf sie achten.

Zia nickte.

»In Ordnung. Auch wenn ich hoffe, dass nichts mehr geschieht«, antwortete sie seufzend. Eros lächelte und streichelte ihr sanft mit dem Handrücken über die Wange.

»Das wird schon. Mach dir keine Gedanken. Am besten machst du dir heute einen entspannten Tag mit Cupcake oder triffst dich mit Charlotte. Macht einen Mädelstag«, schlug er vor und erhob sich. Er würde Anubis aufsuchen. Gleich, nachdem er sich ordentlich verabschiedet hatte und noch bevor er etwas anderes machen würde. Morpheus aus seinem Gefängnis zu befreien und Bastets Schutz hatten jetzt oberste Priorität.

Ein kurzer Blick zu Kosey folgte und er wusste, dass der Kater das genauso sah.

»Lass mich raten: Morpheus wollte sich um ihn kümmern und steckt nun in Schwierigkeiten«, sagte Anubis, kaum dass Eros seine Unterwelt betreten hatte.

»Du kennst ihn doch. Geht es um Bastet, riskiert er alles. Was genau geschehen ist, kann ich dir nicht sagen. Aber Bastet sagte mir, dass Morpheus ihr im Traum erschienen ist. Er warnte sie vor seinem Körper, dass er von jemandem besetzt wird und seine Seele gefangen gehalten wird. Ich nehme an, dass sie sich nun in dieser schwarzen Mumie befindet. Bastet, oder eher Zia, ist durcheinander, sie weiß nicht mehr, was oder wem sie glauben soll«, erzählte der Gott der Leidenschaft, während Anubis zuhörte.

»Warum bist du zu mir gekommen?«, wollte der schakalköpfige Gott wissen.

»Du warst wie ein Bruder für Bastet. Niemandem, außer vielleicht Morpheus oder Kosey, hat sie so sehr vertraut wie dir. Ich bitte dich, komm mit auf die Erde! Bastet braucht dich jetzt, sie muss sich an ihr göttliches

Ich erinnern und uns helfen, Morpheus zu befreien!«, erwiderte Eros und hoffte sehr, dass Anubis helfen würde.

Er selbst konnte nicht viel machen, schließlich hatte er nie sonderlich engen Kontakt zur Katzengöttin gehabt. Er brauchte hier jemanden, der sie kannte und der zu ihr durchdringen konnte.

»Ich bin mir nicht sicher, ob es so gut ist, wenn wir uns einmischen. Du siehst ja, was es Morpheus gebracht hat. Bastet muss sich von allein wieder erinnern und zu sich selbst finden«, antwortete Anubis schließlich.

Eros gefiel das überhaupt nicht. Es ging hier schließlich um seinen besten Freund!

»Und wenn Morpheus in der Zwischenzeit etwas Schlimmes passiert? Wenn es zu spät ist, wenn sie sich endlich erinnert? Du weißt genauso gut wie ich, dass Bastet dir das niemals verzeihen würde!«, regte er sich auf und hoffte, mit diesem Argument besser zu Anubis durchdringen zu können.

Anubis antwortete nicht mehr, was dazu führte, dass Eros noch wütender wurde.

Aber er wusste auch, dass er Anubis nicht zwingen konnte, der Gott der Totenriten war stur.

## Bastet

# Das Armband

Wieder einmal stand Bastet oben auf der Sphinx und wartete dort auf Morpheus. Lange ließ er nicht auf sich warten, schon nach wenigen Minuten spürte sie, wie er von hinten die Arme um ihre Mitte schlang. Lächelnd schmiegte sie sich mit dem Rücken an seine Brust.

»Ich habe dich vermisst«, raunte Morpheus in ihr Ohr und gab ihr einen Kuss auf die Wange.

Bastet lächelte und eine Gänsehaut überzog ihren Körper.

»Ich habe dich auch vermisst!«, antwortete sie ihm, ehe sie sich zu ihm umdrehte und die Arme um seinen Hals legte. In seinen quecksilberfarbenen Augen konnte sie deutlich seine Liebe zu ihr erkennen.

»Weißt du, was für ein Tag heute ist?«, fragte Bastet lächelnd, woraufhin Morpheus grinste.

»Wie könnte ich das vergessen? Heute vor zwölf Mondläufen hast du dich nach Griechenland geschlichen, um dort die Mohnblumen zu bewundern. Kaum hatte ich dich erblickt, war ich dein Sklave«, antwortete er ihr und küsste sie sanft. Anschließend holte er ein kleines Armband hervor, an welchem lauter kleine Anhänger baumelten.

»Ist das für mich?«, fragte Bastet mit leuchtenden Augen.

»Nein, das ist für Aphrodite, sie liebt Schmuck«, erwiderte Morpheus sarkastisch, woraufhin Bastet spielerisch nach ihm tatzte.

»Es ist wunderschön!«, bestaunte sie dann das silberne Schmuckstück, als Morpheus es ihr um das Handgelenk legte.

»Es ist nicht nur schön, es hat auch seine ganz besondere Magie«, erklärte Morpheus ruhig, verschloss das Armband und nahm dann einen der Anhänger zwischen zwei Finger. Es war eine Mohnblume aus Silber. »Diese Blume hier wird uns miteinander verbinden. Wann immer du nach mir rufst, werde ich dich hören und sofort zu dir kommen. Sie wird mir den Weg zu dir weisen und auch du kannst mit ihr jederzeit zu mir gelangen. Sie ist das Symbol unserer Liebe und dafür, dass uns nichts mehr trennen kann«, erklärte er ihr.

Tränen traten in Bastets Augen.

»Das ist ein perfektes Geschenk. Und ich habe gar nichts für dich«, sagte sie betrübt aber gleichzeitig glücklich.

Morpheus legte die Hand unter ihr Kinn und lächelte sie an.

»Verlasse mich niemals. Das ist mir Geschenk genug«, flüsterte er, ehe er ihre Lippen mit einem Kuss versiegelte.

Zia

# Kapitel 12

»Ich kann nicht glauben, dass du schon wieder im Museum bist!«, sagte Charlotte, als Zia mit ihr das British Museum betrat.

»Ja, ich weiß. Normalerweise bist du es, die mich mitschleift. Aber ich wollte nicht wieder allein her«, antwortete Zia ihrer besten Freundin. Vor allem aber hatte sie Charlotte mitgenommen, falls wieder etwas Ungewöhnliches passierte. Eros schenkte ihr zwar Glauben, aber Zia zweifelte an sich selbst. Doch wenn Charlotte auch sah, dass etwas Seltsames geschah, dann würde es ihr selbst vielleicht leichter fallen, das alles zu glauben. Auch die Tatsache, dass es wirklich Morpheus sein sollte, der sie Nacht für Nacht in ihren Träumen besuchte. War er etwa wirklich der griechische Gott der Träume?

»Lange bleibe ich aber nicht hier. Eros will sich nachher mit mir treffen!«, schwärmte Charlotte, woraufhin Zia die Stirn runzelte. Eros. Wenn Morpheus der Gott der Träume war, konnte es dann sein, dass er womöglich ebenfalls ein griechischer Gott war? Das würde zumindest erklären, warum Charlotte so an ihm klebte und ihm so schnell verfallen war. Aber warum war sie ihm dann nicht verfallen?

Tausend Fragen schwirrten Zia durch den Kopf, aber dann betraten sie auch schon die ägyptische Abteilung des Museums. Diesmal blieb das seltsame Gefühl allerdings aus und als Zia vor die schwarze Mumie trat, ging auch nichts Bedrohliches von ihr aus.

Nachdenklich wandte Zia sich einer anderen Vitrine zu, in der kleine Holzfiguren standen, unter anderen jene von Anubis. Doch auch hier tat sich nichts.

Zumindest fast.

Irgendwie schaffte Cupcake es, sich aus dem Rucksack zu befreien. Urplötzlich sprang er heraus, maunzte auf und lief davon.

»Was zum?«, brachte Zia heraus, ehe sie ihrem Kater hastig folgte. Tiere waren hier verboten und schon einmal hatte sie ihn raus schmuggeln müssen. Doch nun rannte er ganz offen hier herum und wenn sie Pech hatte und erwischt wurde, würde man ihr sicher ein Hausverbot erteilen.

»Wo will der denn jetzt hin?«, hörte Zia ihre Freundin genervt fragen, achtete aber nicht weiter drauf und folgte lieber Cupcake, bevor wirklich noch was passierte.

Schnell merkte sie, dass Cupcake sie in die Räume mit den griechischen Ausstellungsstücken führte, wo er vor einer Statue stehen blieb und heftig maunzte.

»Cupcake! Lass das! Komm sofort wieder in die Tasche!«, zischte Zia aufgebracht, nahm ihren Rucksack ab und kniete sich hin. Cupcake maunzte sie kurz an, ehe er wie der artigste Kater der Welt gehorchte und es sich wieder in der Tasche gemütlich machte. Hastig sah Zia sich um, ob jemand ihren Kater gesehen hatte, aber niemand kam auf sie zu, um sie rauszuwerfen. Offensichtlich hatte sie viel Glück gehabt.

Als sie den Rucksack wieder schulterte und sich erhob, hörte sie plötzlich eine leise Stimme.

*»Kätzchen!«*

Die Stimme war ihr ganz nahe und klang vertraut. Außerdem dieser Kosename... es war jener, den nur Morpheus verwendete.

*»Kätzchen!«*, hörte sie wieder, während sie sich verwirrt umsah.

Plötzlich fiel ihr auf, dass Morpheus, als er sich neulich so seltsam verhalten hatte, den Kosenamen nicht verwendet hatte, obwohl er es zuvor immer getan hatte. Beinahe so, als sei es das Selbstverständlichste der Welt.

Zia sah sich weiter nach der Stimme um und erstarrte, als sie sich der Statue zuwandte, welche Cupcake eben noch angemaunzt hatte. Anstatt vollkommen weiß zu sein, wie alle anderen, hatte diese hier graue Augen. Aber nicht irgendwelche grauen Augen. Es war das gleiche Grau, wie in Morpheus Augen, in welchen sie sich immer wieder verloren hatte. Auch jetzt erlag sie beinahe seinem Blick, ehe ihr bewusst wurde, dass hier irgendetwas ganz und gar nicht stimmte.

Hastig drehte sie sich um und rannte zurück zu Charlotte, welche verliebt in der Ecke stand und mit irgendjemandem am Handy schrieb. Dem Blick nach war es vermutlich Eros.

Gerade wollte sie nach ihrer Freundin rufen, als sie an einem Ausstellungsstück stockte. Es war der Bart der Sphinx.

Zia blieb stehen und wandte sich gedankenverloren dem Ausstellungsstück zu. Irgendetwas weckte dieser große Stein in ihr. Etwas Vertrautes regte sich in ihr, aber es war zu weit entfernt, als dass sie es hätte greifen können.

»Zia, ich muss los. Eros wartet bereits auf mich. Wolltest du dir nicht eigentlich faule Ferien machen, bevor das Studium losgeht? Aber wenn du noch was unternehmen willst, Zach hat heute nichts vor, er würde sich bestimmt gern mit dir treffen!«, riss Charlotte ihre Freundin schließlich aus ihren Gedanken.

Zia brauchte einen Moment, ehe sie die Worte registrierte, sich ihrer Freundin zuwandte und dann mit dem Kopf schüttelte.

»Danke, nein. Du hast ja recht, ich wollte mir gemütliche Ferien machen. Am besten gehe ich mit Cupcake nach Hause und ruhe mich ein wenig aus«, antwortete sie lächelnd. Es war wohl besser, wenn sie nach Hause kam. Vielleicht war es wirklich der warme

Sommer, der ihr nicht gut bekam und ihre Gedanken verwirrte. Anders konnte sie sich das inzwischen wirklich nicht mehr erklären.

Zuhause angekommen, ging Zia direkt in ihr Zimmer und legte sich dort mit Cupcake auf das Bett. Zum Glück waren ihre Eltern heute arbeiten, so würde ihre Mutter nicht ständig reinkommen und fragen, was los war.

Zias Gedanken schweiften ab und sie ließ die letzten Tage nochmal Revue passieren. Soviel war geschehen, dass es kaum zu glauben war, dass erst wenige Tage vergangen waren. Plötzlich hörte sie Stimmen und sah Dinge, die andere nicht wahrnahmen. Dazu kamen noch diese Träume von Morpheus. Wurde sie verrückt? Oder gab es doch mehr, als sie zu glauben bereit war?

»Miau!«

Zia sah zu Cupcake und beobachtete, wie er mit ihrem Armband spielte, welches sie von Eros und Charlotte zum Geburtstag bekommen hatte. Nachdenklich betrachtete sie es. Da direkt nach der Geschenkeübergabe ihr Vater über die Jungs hergefallen war, hatte sie später gar nicht mehr an das Armband gedacht, aber nun kam es ihr lächerlich vor, dass sie es hatte vergessen können. Die Anhänger und auch das Armband selbst funkelten in der Sonne silbern. Cupcake tatzte nach einem der Anhänger und sie erkannte den Kopf einer Mohnblume. Schweigend nahm Zia den Anhänger zwischen zwei Finger und betrachtete ihn genauer. Warum hatte Eros ihr einen Anhänger in

Form einer Mohnblume geschenkt? Hatte Charlotte auch ihm von ihrer Vorliebe für diese Blumen erzählt?

Als sie die anderen beiden Anhänger genauer betrachtete, erkannte sie einen winzigen Dolch, der mit lauter bunten Edelsteinen verziert war. Der dritte Anhänger war eine kleine Katze, die aussah, wie eine derer, die im British Museum ausgestellt wurden.

Das British Museum. Dort hatte sie Morpheus das erste Mal getroffen.

Wieder schweiften ihre Gedanken zu ihm ab und ihr Blick wurde traurig. Was war nur geschehen? Sie wünschte sich so sehr, alles zu verstehen, denn irgendwie fühlte sie sich zu Morpheus hingezogen. Bei ihm hatte sie sich stets sicher und geborgen gefühlt. Zumindest bis er sich so verändert hatte.

»Morpheus....«, murmelte Zia leise und strich mit dem Finger vorsichtig über die Mohnblume an ihrem Handgelenk. Plötzlich erschien ein grelles Licht und alles um Zia herum verschwand.

»Du bist zu mir gekommen«, hörte Zia Morpheus hinter sich sagen. Doch diesmal stand sie nicht vor dem Mohnblumenfeld. Nein, diesmal stand sie in schwindelerregender Höhe und als sie einen Blick nach unten riskierte, bemerkte sie, dass sie auf dem Kopf der Sphinx stand.

Erschrocken keuchte sie auf und wich zurück, wobei sie allerdings stolperte und drohte hinzufallen. Glücklicherweise fing Morpheus sie sanft auf. Zia hielt sich an ihm fest und musterte ihn. Es war der echte Morpheus, das erkannte sie an seinen Augen.

»Ist das wieder ein Traum? Und warum kann ich dich nun ansehen? Was machen wir hier, sind wir nicht normalerweise bei den Mohnblumen?«, fragte sie direkt, was Morpheus ein Lächeln entlockte. Bevor er ihr antwortete, setzte er sich hin und zog Zia auf seinen Schoß, nahm sie sanft in seine Arme und blickte in die Ferne.

»Nein, dies hier ist kein Traum. Du wolltest zu mir, also hat dein Anhänger dich zu mir gebracht«, begann er zu erklären, griff nach ihrem Handgelenk und strich mit dem Daumen über die silberne Mohnblume.

»Also bin ich wirklich hier?«, wollte Zia wissen und sah Morpheus gebannt an.

»Dein Geist ist hier. Dieser Anhänger hat ein Portal für dich geöffnet. Ich bat Eros, dir diesen Anhänger zu schenken. Auch der andere Anhänger hat eine Bedeutung«, erklärte er ihr und strich dann über die kleine Katze. »Sie steht für deine Verbindung zu diesen Tieren«, fuhr er sanft fort.

»Was bedeutet dieser Anhänger?«, fragte Zia dann und nahm den kleinen Dolch zwischen zwei Finger.

Sofort war alles Zärtliche aus Morpheus Gesicht verschwunden.

»Woher hast du ihn?«, wollte er wissen, woraufhin Zia ihn verwirrt ansah.

»Naja, von Eros denke ich«, erwiderte sie, aber Morpheus schüttelte den Kopf.

»Nein, Eros wäre niemals in der Lage gewesen, ihn dir zu überreichen. Nur Sterbliche können den Dolch aus der mit einem Schutzzauber belegten Truhe nehmen!«, antwortete er.

»Dann muss Charlotte ihn mir gegeben haben. Moment. Sterbliche? Was willst du mir damit sagen?«, fragte Zia mit großen Augen. Sie ahnte, was er sagen wollte, als er den Mund öffnete, doch bevor sie seine Antwort hören konnte, verschwamm alles um sie herum und sie lag wieder Zuhause auf ihrem Bett.

Es dauerte einen Moment, dann begriff sie, dass es die Türklingel gewesen war, die sie geweckt hatte. Wenn es denn ein Traum gewesen war, Morpheus hatte es zumindest abgestritten.

Schnell sprang Zia aus dem Bett und eilte runter in den Flur, wo sie die Tür öffnete und überrascht in das Gesicht von Morpheus blickte.

»Zia, wie schön, dass du Zuhause bist!«, sagte er und betrat das Haus. Zia sah sofort, dass es nicht der richtige Morpheus war, seine Augen waren kalt wie Stahl und er strahlte eine ungewöhnliche Kälte aus.

»Ich wollte mich bei dir entschuldigen!«, fuhr er schließlich fort, nahm ihre Hand und gab ihr einen Kuss auf den Handrücken. Sofort entzog Zia ihm ihre Hand.

»Ich möchte, dass du wieder gehst!«, sagte sie mit fester Stimme, als auch schon Cupcake fauchend auf Morpheus zuging.

»Bitte, Zia, lass es mich erklären! Habe ich nicht eine zweite Chance verdient?«, fragte Morpheus und griff erneut nach Zias Hand.

»Nicht nach dem was du dir im Park erlaubt hast. Ich dachte, du wärst anders, aber ich habe mich scheinbar getäuscht. Also geh!«, forderte sie ihn auf und deutete auf die Tür.

»Zia...«, bat Morpheus erneut, aber sie konnte hören, dass es nur halbherzig gemeint war. Es lag keine Wärme in seiner Stimme und seine Augen hatten noch immer diesen kalten Blick.

Schweigend musterte sie ihn, während Cupcake Morpheus ebenfalls anblickte, allerdings mit bösem Blick und Katzenbuckel. Da sie sich nicht erweichen ließ, schien Morpheus sich geschlagen zu geben. Kurz warf er ihr noch einen Blick zu, ehe er sich abwandte und ging. Sofort schloss Zia die Tür hinter ihm, ehe sie Cupcake auf den Arm nahm und an sich drückte.

»Es wird Zeit, dass Eros mir Antworten gibt!«, flüsterte sie und gab ihrem Kater einen Kuss auf den Kopf.

???

# Kapitel 13

Er hatte es geschafft. Endlich war der göttliche Dolch in seinem Besitz und er konnte sich seine Macht und seinen Körper zurückholen. Diese Menschen waren aber auch wirklich leicht zu beeinflussen gewesen.

Es war ein Leichtes für seinen Handlanger gewesen, Bastets menschliche Freundin zu manipulieren, sodass sie den Dolch aus der mit einem Bann belegten Truhe beschaffte und diesen Bastet gab, welche wiederum ihn damit aus dem Sarkophag befreit hatte.

Jetzt hatte er ihn sich geholt und würde dem Rat der Götter zeigen, wie schrecklich seine Rache sein konnte. Zuvor musste er allerdings zurück in seinen Körper, denn im Körper des Traumgottes konnten sich seine Fähigkeiten nicht entfalten. Eine Kleinigkeit, die er nicht bedacht hatte. Die Fähigkeiten eines Gottes waren an dessen Geist gebunden, nicht an das Gefäß, in welchem sich die Seele befand. Allerdings bedeutete das nicht, dass die Fähigkeiten auch immer angewendet werden konnten. So konnte er in der Hülle des Traumgottes seine eigenen Fähigkeiten nicht einsetzen, da der Körper nicht mit der nötigen hohen Energiespanne umgehen konnte. Es gab jedoch Götter, die mehr Glück hatten, denn deren Fähigkeiten waren nicht von einem festen Körper abhängig. Thor, Zeus oder er selbst brauchten immer einen festen Körper, um den Hammer zu heben, Blitze zu schleudern oder ähnliches zu tun. Morpheus, als Beispiel, hatte jedoch rein geistige Kräftige, für die kein fester Körper nötig war, er konnte auch als Geist seine Kräfte einsetzen. Ein Umstand, den er vorher hätte bedenken sollen, aber dennoch war er an sein Ziel gelangt, ohne dass Morpheus ihn hatte hindern können.

Zufrieden mit sich selbst versicherte er sich nochmal, dass der Dolch gut versteckt in seiner Jackentasche war, ehe er in die Wohnung ging, welche er sich zwangsweise mit dem griechischen Plagegeist teilen musste.

»Warst du wieder bei Bastet?«, fragte Eros, welcher dann auch vor ihm stand und ihn somit aus seinen Gedanken riss.

»Ja. Ich wollte sie wiedersehen, sie ist schließlich mein ganzer Lebensinhalt«, antwortete er und versuchte dabei so gut wie nur möglich wie Morpheus zu klingen. Der Gott der Leidenschaft ging ihm gehörig auf die Nerven, was hoffentlich nicht daran lag, dass er etwas ahnte.

»Verstehe. Und wie ist es gelaufen? Du siehst zufriedener aus als gestern«, erwiderte Eros, ohne ihn aus den Augen zu lassen. »Es lief ganz gut. Ich habe es gestern gründlich versaut, aber sie hat sich heute wenigstens meine Entschuldigung angehört und mich in ihr Haus gelassen«, log er den Gott der Leidenschaft an. Bastet hatte ihn nicht wirklich reingelassen und ihm zugehört, er war eher einfach hineingegangen. Aber das war alles nötig gewesen, um seinen eigentlichen Plan zu verfolgen.

Gerade schien Eros noch etwas sagen zu wollen, als dessen Handy klingelte und ihn von einer Antwort abhielt.

»Moment«, sagte Eros, ging mit dem kleinen Telefon in den Raum nebenan und nahm ab. So war nicht mehr zu hören, mit wem er sprach, aber wenigstens konnte man noch dem lauschen, was Eros sagte.

»Hey, was gibt es?«, fragte der Grieche und klang gelassen.

»He, ganz ruhig, was ist passiert? ... Verstehe. Nein, es ist besser, wenn ich zu dir komme. Ja, bis gleich«, sagte er und legte wieder auf, ehe er zurückkam. Sein Blick war nicht zu deuten.

»Ich muss nochmal los. Charlotte hat angerufen, sie braucht meine Hilfe. Wir sehen uns später, dann erzählst du mir alles, ja?«, verabschiedete Eros sich und verschwand.

Ganz eindeutig hatte er gelogen. Gestern hatte der griechische Gott mit Charlotte telefoniert und hatte dabei vollkommen anders geklungen. Bestimmt wusste er etwas.

Aber das war nun auch egal. Er hatte, was er wollte und damit würde er sich nun seinen Körper zurückholen. Niemand, auch nicht dieser Eros, würde ihn daran hindern können.

Grinsend schob er die Hand in die Jackentasche und holte den Dolch hervor. Er hatte nun seine richtige Größe und seine Macht würde sehr hilfreich sein.

Ohne weiter zu warten, löste er sich mit dem Körper von Morpheus auf und machte sich auf den Weg, um die Götter nach und nach zu vernichten. Wenigstens teleportieren konnte er sich.

# Eros

# Kapitel 14

Es dauerte nicht lange, bis Eros bei Zia war. Ganz bewusst hatte er Morpheus angelogen, denn er wusste, dass es nicht sein bester Freund war.

Jetzt stand er, wie am Vortag, an Zias Haustür und klingelte, woraufhin es keine zwei Sekunden dauerte, bis ihm geöffnet wurde.

Zia sah genauso aufgewühlt aus, wie sie vorhin am Telefon geklungen hatte. Kein gutes Zeichen.

»Er war hier. Das hat er mir zumindest erzählt. Und er sagte, dass du ihn hineingelassen hast«, sagte Eros statt einer Begrüßung. Zia schnaubte verärgert auf und trat zur Seite.

»Reingelassen? Er hat sich reingedrängt und als ich ihn rauswerfen wollte, hat er sich geweigert zu gehen! Erst als Cupcake dazu kam und drohte, ihn wieder anzugreifen, ist er endlich gegangen!«, antwortete sie, was Eros Vermutungen nur bestätigte.

»Was wollte er von dir?«, fragte Eros, während er Zia in ihr Zimmer folgte. Der Kater ging zwischen ihnen beiden und warf ihm immer wieder einen skeptischen Blick zu.

»Er wollte sich bei mir entschuldigen. Aber ich habe gleich gemerkt, dass er nicht der echte Morpheus war«, antwortete Zia, setzte sich auf ihr Bett und nahm ihren Kater auf den Schoß. Eros setzte sich ihr gegenüber auf den Schreibtischstuhl.

So wie sie ihn musterte und wie sie eben geredet hatte, wusste sie irgendwas.

Schweigend sahen sie sich nun an.

»Ich will die Wahrheit wissen!«, forderte Zia schließlich von ihm, nachdem eine ganze Weile Schweigen geherrscht hatte.

»Welche Wahrheit?«, fragte Eros und gab sich erstmal unwissend. Bastet musste selbst wieder zu sich finden und ihre Erinnerungen bekommen. Das hatten Morpheus und auch Anubis gesagt. Wenn er ihr nun einfach alles erzählte, würde sie ihm bestimmt nicht glauben, es ins Lächerliche ziehen und davonlaufen.

»Ich will wissen, ob du der griechische Gott Eros bist. Und Morpheus der Gott der Träume«, erwiderte Zia entschlossen, während sie ihrem Kater über das Fell streichelte und ihn nicht aus den Augen ließ. »Und lüge mich nicht an!«, fügte sie noch hinzu.

Eros schwieg einen Moment. Was sollte er dazu sagen? Die Wahrheit, wie sie es verlangte?

An ihrem Blick konnte er sehen, dass sie die Sachlage bereits erahnte und nun nach Bestätigung suchte. Warum konnte Morpheus jetzt nicht hier sein? Es war schließlich seine Geliebte! Allerdings saß Morpheus in der Klemme und Anubis weigerte sich, ihr zu helfen.

»Du schweigst also lieber?«, bohrte Zia weiter nach. »Dann sag mir, was es mit diesen Anhängern auf sich hat! Morpheus war ganz außer sich, als er den Dolch-«, fuhr sie fort, stockte dann aber, als sie auf ihr Armband sah.

»Welcher Dolch?«, wollte nun Eros wissen.

»Charlotte hat mir doch dieses Armband geschenkt und du die Anhänger! Diese Blume, die Katze und der kleine Dolch. Aber wo ist er? Ist er abgefallen?«, erklärte sie und stand auf, um den Anhänger zu suchen.

»Zia, ich habe dir nur zwei davon geschenkt. Die Mohnblume und die Katze... Wann hat Morpheus den angeblich dritten Anhänger gesehen?«, fragte Eros argwöhnisch und stand auf, während er Zia bei ihrer Suche zusah.

»Vorhin«, erklärte sie. »Ich habe mir das Armband und die Anhänger angesehen, als ich einschlief. Morpheus meinte in meinem Traum allerdings, dass es kein Traum wäre, er sagte, der Mohnblumenanhänger hätte meinen Geist zu ihm gebracht. Ich fragte ihn über die anderen beiden Anhänger aus und als er den Dolch sah, war er ganz außer sich. Er meinte, dass er nicht von dir sein könne, weil nur Sterbliche den Dolch hätten holen können oder sowas. Eros, was bedeutet das?«, fragte Zia ihn dann wieder, während bei Eros sämtliche Alarmglocken schrillten.

»Wie hat der Anhänger ausgesehen?«, verlangte Eros zu wissen, doch anstatt zu antworten, stapfte Zia jetzt wütend auf ihn zu.

»Nein! Ich möchte Antworten haben! Was hat es mit dem Anhänger auf sich? Warum begegnet mir Morpheus im Traum und warum verhält er sich hier so seltsam?«, fuhr sie ihn an, während ihre Augen zu denen einer Katze wurden. Die Pupillen verengten sich zu Schlitzen und das Braun wurde zu dem Gold einer Katze. Sprachlos sah Eros sie an.

»Verdammter Morpheus!«, grummelte er dann, ehe er sich von ihr abwandte und sich wieder setzte. Was sollte er nur tun? Sie forderte Antworten von ihm, stellte Fragen, die sie eigentlich noch gar nicht stellen sollte. Und warum erzählte Morpheus, der Idiot, ihr Dinge, forderte aber von ihm selbst, dass er schwieg?

Eros musterte Zia wieder. Noch immer waren ihre Augen die einer Katze.

»Sieh in den Spiegel«, sagte er und wartete ab, was sie tun würde. Skeptisch

drehte Zia sich zu dem großen Spiegel um und schaute hinein. Doch als sie ihre Katzenaugen sah, schrie sie erschrocken auf und ließ vor Schreck Cupcake los, der auf ihrem Arm gelegen hatte.

»Was ist das? Warum sehen meine Augen so aus?«, fragte Zia panisch und konnte den Blick nicht von ihrem

Spiegelbild abwenden. Eros erhob sich wieder und trat neben sie.

»Das sind deine Augen, wenn du dich über etwas aufregst. Morpheus hat dich gerne aufgezogen und geärgert. Er liebte es, mit dir zu spielen, von dir gejagt zu werden und dich dann in den Arm zu nehmen und zu küssen, bis ihr beide keine Luft mehr bekommen habt«, erzählte er ruhig, woraufhin er nun einen fragenden Blick von Zia erntete.

Bevor er noch etwas sagen konnte, erschien in einer kleinen Rauchwolke plötzlich eine kleine Schriftrolle auf ihrem Schreibtisch.

»Wo kommt das jetzt her?«, fragte Zia, aber Eros antwortete ihr nicht, sondern griff sofort nach der Rolle und öffnete sie. Er hatte das Siegel von Hermes erkannt, was bedeutete, dass es wichtig war. Als er dann den Inhalt las, erkannte er, wie wichtig. Nanna, Asklepius und Nefertem waren ihrer Kräfte beraubt worden. Allesamt Götter mit heilenden Kräften. Das bedeutete, dass ihr Gegner in seinen Körper zurück wollte.

»Zia, ich weiß, du hast viele Fragen. Aber das hier ist jetzt wichtiger: Wie sah der Dolch an deinem Armband aus? Und bist du dir sicher, dass Morpheus sagte, nur Sterbliche könnten ihn an sich nehmen?«, fragte er sie erneut eindringlich. Vermutlich wirkte er sogar ein wenig bedrohlich auf sie, denn plötzlich wirkte sie etwas eingeschüchtert und wich einen Schritt vor ihm zurück. Sie schluckte hart und antwortete ihm schließlich.

»Die Klinge schien aus einem Edelstein gemacht zu sein und der Griff war aus Silber, verziert mit verschiedenen Edelsteinen«, erzählte sie ihm und Eros Befürchtungen bewahrheiteten sich. Hermes hatte ihm mitgeteilt, dass er und alle anderen Götter gewarnt wurden und vorsichtig sein sollten. Jemand griff Götter an und entzog ihnen ihre Kräfte. Eros wusste, dass das nur mit einem Gegenstand möglich war: dem göttlichen Dolch.

»Eros was hat das zu bedeuten?«, fragte Zia vorsichtig. Nun war es Eros, der schluckte. Wie sollte er ihr das alles erklären, ohne, dass sie ihn auslachte, fortjagte oder selbst davonlief? Allerdings hatte sie auf die Sache mit ihren Augen lediglich mit weiteren Fragen reagiert. Vielleicht sollte er ihr Antworten geben, in der Hoffnung, dass sie sich wieder an ihr göttliches Ich erinnerte. Denn wenn sie das tat, konnte sie ihre Kräfte einsetzen, um gegen den Feind zu kämpfen. Schließlich war es Bastet, die sich in die schreckliche Sachmet verwandeln konnte.

»Das bedeutet, dass wir dich brauchen«, sagte er schließlich und wandte sich wieder voll und ganz Zia zu, nachdem er die Schriftrolle eingesteckt hatte.

»Wie meinst du das?«, wollte Zia nun wissen und nahm Cupcake auf den Arm. Eros wusste, dass sie immer die Nähe des Katers suchte, wenn sie nervös wurde. Das hatte Morpheus ihm einst erzählt.

»Du warst in deinem früheren Leben die ägyptische Katzengöttin Bastet und dieser Kerl hier war dein stetiger

Begleiter, damals nanntest du ihn Kosey, das bedeutet Löwe«, erzählte er und stupste dabei Koseys Nase an, woraufhin der Kater schlecht gelaunt murrte.

»Löwe... das passt zu ihm«, murmelte Zia. Sie nahm es besser auf, als Eros erwartet hatte. Aber das lag vermutlich daran, dass Morpheus sie schon mehrfach im Traum besucht hatte und Anubis ihr im Museum begegnet war.

»Um deine Fragen von vorhin zu beantworten: ja, ich bin der Gott der Leidenschaft und ja, Morpheus ist der Gott der Träume, deswegen kam er dich nachts besuchen. In deinem früheren Leben wart ihr beide ein Liebespaar, doch der Rat der Götter hat das nicht gerne gesehen. Man wollte euch für eure Liebe bestrafen und am Ende hat es dich dein Leben gekostet«, erzählte er weiter.

Zia schwieg. Sie streichelte ihrem Kater stumm über das flauschige Fell und setzte sich gedankenverloren auf ihr Bett zurück. Nur zu gerne hätte Eros gewusst, was in ihrem Kopf vor sich ging.

»Glaubst du mir?«, fragte er vorsichtig und musterte Zia. Noch immer streichelte sie schweigend ihren Kater und schien alles genau zu überdenken.

»Ich weiß es nicht«, antwortete sie ihm schließlich. »Es klingt alles so... unwirklich. Götter, früheres Leben und ich soll einmal Bastet gewesen sein? Wie ist das alles möglich? Andererseits sind diese seltsamen Dinge geschehen und wie soll das sonst zu erklären sein?«, fuhr sie fort. Eros konnte verstehen, dass das alles schwer zu begreifen war und vielleicht sollte er nicht mehr erzählen, doch die Lage wurde immer ernster. Der Feind gewann an Stärke, hatte den göttlichen Dolch und solange der Rat der Götter nichts unternahm, konnte nur Sachmet helfen.

»Vielleicht kann ich dir helfen, alles leichter zu verstehen«, sagte er schließlich, stand auf, ging zu Zia und reichte ihr seine Hand. Fragend sah sie ihn an. »Ich bringe dich zu deinem ehemaligen besten Freund. Er war wie ein Bruder für dich und wird dir gewiss helfen können, auch wenn er bestimmt wütend auf mich sein wird«, erklärte er ihr.

Zia zögerte.

Er konnte es ihr nicht verdenken.

»Wenn du Morpheus vertraust, kannst du auch mir vertrauen«, versuchte er, sie zu überzeugen. Cupcake maunzte Zia an, ehe er eine Pfote in Eros Hand legte. »Siehst du? Dein Kater folgt mir ebenfalls. Und sollst du dich nicht auf seine Instinkte verlassen?«, fragte Eros nun.

Zia zögerte immer noch. Doch dann schien sie zu dem Entschluss zu kommen, dass ihr keine andere Wahl blieb, wenn sie die Wahrheit erfahren wollte. Also griff sie nach seiner Hand und sah ihn ein wenig ängstlich an.

»Alles wird gut«, versicherte Eros ihr und hoffte, dass er sie nicht anlog. Dann löste er sich mit ihr und dem Kater auf und brachte sie in die ägyptische Unterwelt.

# Zia

# Kapitel 15

Zia konnte nicht sagen, was sie dazu gebracht hatte, nach Eros Hand zu greifen. Sie wollte Antworten, auch wenn die bisherigen Erklärungen mehr als nur unglaublich klangen. Auch, wenn sie sowas geahnt hatte, es dann aber auch zu hören, war eine andere Sache. Und ganz anders war es, das auch noch zu erleben.

Als sie bemerkte, dass ihr Körper sich ebenso wie der von Eros und Cupcake auflöste, schrie sie erschrocken auf und wollte seine Hand wieder loslassen, doch Eros hielt sie fest in seinem Griff und kurz darauf wurde alles um Zia dunkel.

Nur eine Sekunde später verschwand die Finsternis und sie befand sich scheinbar in einer unterirdischen Höhle. Die Wände waren aus dunklem Stein und es gab nur wenig Licht, welches von mehreren Fackeln an der Wand stammte. Staunend blickte Zia sich weiter um, konnte an den Wänden ägyptische Hieroglyphen erkennen und als ihr Blick weiter nach rechts glitt, sah sie etliche Regale mit kleinen Fläschchen, die seltsame Inhalte aufwiesen.

»Eros! Wie konntest du sie herbringen?«, ertönte plötzlich eine sehr gefährlich klingende Stimme aus der Dunkelheit. Zia versuchte, etwas zu erkennen, sah aber nichts weiter, als zwei glühende Augen. Erschrocken versteckte sie sich hinter Eros. Dieser blieb gelassen.

»Ich habe sie hergebracht, weil sie ein Recht auf Antworten hat. Sie weiß schon mehr, als erwartet und hat nicht aufgegeben, die Wahrheit zu fordern. Obwohl ich ihr diese erzählte, war es schwer für sie, es auch zu glauben. Deswegen habe ich sie hergebracht«, erklärte Eros ruhig und aus der Finsternis erklang ein bedrohliches Knurren, welches Zia das Blut in den Adern gefrieren ließ. Zitternd drückte sie Cupcake an sich, welcher aber entspannt auf ihrem Arm lag.

»Dennoch hattest du kein Recht darauf, sie herzubringen! Bastet ist im Körper einer Sterblichen und Sterbliche dürfen die Unterwelt nicht einfach besuchen, wie es ihnen passt!«, kam eine wütende Antwort aus der Dunkelheit zurück.

»Jetzt sind wir aber hier! Also kannst du dich ihr auch zeigen, vielleicht hilft ihr das, sich zu erinnern. Falls du es noch nicht mitbekommen hast, die ersten Götter wurden bereits ihrer Kräfte beraubt und wenn das so weiter geht, werden wir Sachmet brauchen, um dagegen anzukämpfen!«, erwiderte Eros nun ein wenig energischer.

»Du meinst, er hat den Dolch?«, fragte die Stimme, klang nun noch bedrohlicher, aber auch alarmiert.

Zia verstand das alles immer noch nicht. Aber dann kamen die leuchtenden Augen aus der Finsternis und was sie da sah, ließ ihr Herz so schnell schlagen, dass ihr schwindelig wurde.

Aus der Finsternis trat ein Mann, der allerdings keinen menschlichen Kopf hatte. Nein, auf seinen Schultern saß der Kopf eines Schakals, dessen Augen gefährlich leuchteten. Auch die Fangzähne sahen alles andere als harmlos aus.

Zia wurde von Panik erfasst und merkte, wie ihr Armband plötzlich ganz warm wurde und ein gleißendes Licht erschien.

»Das hast du ja toll hinbekommen!«, hörte sie Eros schimpfen.

»Ich? Du hast sie doch hergebracht! Ich habe dir gesagt, dass es zu viel für sie ist!«, knurrte der Schakalmann zurück, bevor Zia gänzlich von dem Licht umhüllt wurde.

Der Geruch von Mohnblumen umgab Zia und auf ihrem Gesicht spürte sie eine warme Sommerbrise.

»Wach auf, Kätzchen!«

Eine Hand legte sich auf Zias Wange und sie wusste, dass sie in Sicherheit war. Als sie aufwachte, blickte sie direkt in zwei vertraute Quecksilberaugen.

Es war Morpheus. Er kniete inmitten des Mohnblumenfeldes und hielt sie sicher in seinen Armen. Sein Blick war besorgt, aber dem Kummer wich nun Erleichterung.

»Ich kann dich ansehen«, murmelte Zia direkt, denn das war das Erste, was ihr in den Sinn kam.

Morpheus lächelte.

»Es ist allerdings auch kein Traum«, antwortete er und streichelte ihr sanft über die Wange. Verwirrt blickte Zia ihn an, ehe sie sich langsam aufrichtete und sich umsah.

Sie beide saßen inmitten des Mohnblumenfeldes, sie war auf seinem Schoß und er hielt sie fest und sicher im Arm.

»Miau?«

Erst jetzt bemerkte sie, dass auch Cupcake hier war. Ihr Kater sah sie ein wenig besorgt an, ehe er auf ihren Schoß kletterte und sich schnurrend an sie und Morpheus schmuste.

Ein wenig frustriert lehnte Zia sich an Morpheus Brust und streichelte Cupcake.

»Ich verstehe das alles nicht!«, beklagte sie sich. Ihr Verstand weigerte sich, das alles anzunehmen.

Sanft legte Morpheus eine Hand unter ihr Kinn und zwang sie, den Blick zu heben.

»Es geht nicht darum, dass du es verstehst. Es geht darum, dass du es glaubst«, sagte er zärtlich, während er sie mit seinem weichen Blick ansah. Bevor Zia sich in seinem Blick richtig verlieren konnte, wurde ihr plötzlich etwas bewusst.

»Moment! Du bist wieder der echte Morpheus, oder? Ich meine, du bist nicht mehr aufdringlich! Aber... wie ist das möglich? Was ist hier los und wie bin ich hierher gekommen? Oder ist das doch alles nur ein Traum?«, redete sie drauf los, ehe sie eine Hand an den Kopf legte. So langsam bekam sie Kopfschmerzen von all den Fragen und den weiteren Fragen, die sich durch die Antworten neu stellten.

»Bleib ganz ruhig. Ich weiß, es ist schwer, aber ich werde dir alles erklären. Versprochen. Und diesmal werde ich mich auch nicht auflösen«, versicherte Morpheus ihr sanft, während er sie im Arm hielt und sie dann so an sich zog, dass ihr Gesicht nun an seiner Brust ruhte und sie seinem Herzschlag lauschen konnte.

Zia schloss einen Moment die Augen. Die Wärme, die von Morpheus ausging und sein gleichmäßiger Herzschlag sorgten dafür, dass sie sich beruhigte.

Morpheus schien das auch zu spüren, sanft streichelte er ihr über das Haar, ehe er weitersprach.

»Eros hatte recht, wir brauchen dich jetzt. Allerdings hat er es überstürzt, er hätte es langsamer angehen müssen. Typisch. Eros muss immer alles sofort erreichen«, begann er und lachte kurz. »Gut. Lass mich am besten erstmal ausreden. Wenn du dann noch Fragen hast, werde ich sie dir beantworten, in Ordnung?«, fragte er dann und Zia nickte schweigend, während sie sich weiter an ihn kuschelte, Cupcake streichelte und Morpheus dann zuhörte.

»Eros hat mir gesagt, dass er dir bereits einige Dinge erklärt hat. Es stimmt, du bist Bastet, die ägyptische Göttin. Deswegen bist du auch so fasziniert von der Mythologie des Landes und hältst dich so gerne im Museum auf. Wir beide lernten uns damals hier kennen, an genau diesem Feld. Du wurdest von der roten Farbe der Blumen angezogen und konntest den Blick nicht mehr abwenden. Als ich dich hier fand, konnte ich ebenso wenig den Blick von dir ablassen, ein so schönes Wesen war mir noch nie begegnet. Fortan suchte ich dich heimlich auf, nur um dich wiederzusehen. Anfangs hast du dich noch geziert, aber irgendwann schenktest du mir einen Kuss und wir wurden ein Liebespaar. Leider war es uns verboten, uns zu lieben, da wir verschiedenen Kulturen angehören, aber uns war es egal, wir trafen uns weiter heimlich. Irgendwann wurden wir jedoch verraten, der Rat der Götter wollte uns bestrafen und so hast du dich dazu entschieden, zu sterben und in einer Zeit wiedergeboren zu werden, in der wir zusammen sein können«, erzählte er und Zia konnte ganz deutlich die Traurigkeit in seiner Stimme hören.

»Was für eine tragische Geschichte«, flüsterte sie leise und legte ihre Hand auf seine Brust. Dorthin, wo sein Herz schlug.

»Das war es. Aber jetzt bist du wieder hier, jedoch ohne dich an mich oder dein früheres Leben zu erinnern. Dennoch erwacht in dir langsam etwas, denn schließlich bist du hier gelandet. Du hattest große Angst und dein Herz führte dich hierher. Der Anhänger an deinem Armband öffnete erneut ein Portal für dich, um dich in Sicherheit zu bringen. Diesmal jedoch auch deinen Körper. Offenbar verbindet dein Herz diesen Ort mit Sicherheit. Der Ort, an dem wir beide uns so oft trafen... Eigentlich wollte ich dir mehr Zeit lassen, dich zu erinnern. Aber jetzt ist unser Feind erwacht: Seth. Er wollte schon immer die absolute Macht haben. Er war es auch, der uns damals verriet, denn er wollte nicht, dass sich zwei Kulturen vermischten. Seine Machtgier wurde so groß, dass der Rat der Götter ihn bannen musste. So lange war er an den Sarkophag gebunden: die schwarze Mumie im Museum. Aber irgendwie bist du dann an den Dolch gekommen. Mit ihm warst du bei Seth, wodurch Seth seine Kräfte wiedererlangen und dem Sarkophag entfliehen konnte, indem er meinen Körper in Besitz nahm. Jetzt aber ist er in seinen Körper zurückgekehrt, sodass ich in meinen zurück konnte«, erzählte Morpheus weiter, hielt sie dabei fest im Arm und drückte sie besitzergreifend an sich.

Zia versuchte, das Gehörte zu verarbeiten, aber es war schwer. All diese Informationen, wie sollte sie diese

Dinge nur glauben? Götter, Wiedergeburt, eine tragische Liebesgeschichte, die ihre Eigene sein sollte...

»Was hat es mit dem Dolch auf sich?«, wollte sie nun erstmal wissen. Alle schienen so auf ihn fixiert zu sein, dass sie endlich wissen wollte, weswegen.

»Der göttliche Dolch«, antwortete Morpheus. »Götter können nicht sterben. Zumindest nicht auf gewöhnliche Weise. Es gibt nur zwei Möglichkeiten, du wähltest damals eine der beiden: Ein Trank, der deinen Körper von der Seele befreit und die Seele in das Totenreich bringt, wo sie ewige Ruhe findet. Die andere Möglichkeit ist der Dolch. Dieser Dolch ist mit starker Magie gefüllt, er ist die mächtigste Waffe, die du dir vorstellen kannst. Wird ein Gott damit ins Herz getroffen, so stirbt er unwiderruflich. Wird das Herz jedoch verfehlt, bleibt der Gott zwar am Leben, es werden ihm aber seine göttlichen Kräfte entzogen und er muss wie ein gewöhnlicher Mensch, der unsterblich ist, leben«, erklärte er ihr weiter. »Seth war der Letzte, der auf diese Weise bestraft wurde. Danach wurde der Dolch in eine Truhe gebannt, die nur von einem Menschen geöffnet werden kann. Seth muss einen Verbündeten haben, der die Truhe beschaffte und einen Sterblichen, vermutlich Charlotte, manipulierte, damit sie ihn dir gab.«

»Aber das war doch nur ein Anhänger für ein Armband!«, erwiderte Zia verwirrt.

»Ein weiterer Schutzzauber des Dolches. Schließlich soll niemand ihn einfach so verwenden können. Seth muss also weitere Verbündete haben, die ihm halfen, die

Macht des Dolches zu entfesseln«, antwortete Morpheus geduldig.

Zia nickte leicht. Weiter schweigend saß sie da, ließ ihren Blick über das Mohnblumenfeld gleiten und sah dann zu Cupcake, der immer noch auf ihrem Schoß saß.

»Es ist wichtig, dass du deine Erinnerungen zurückbekommst. Denn wir brauchen deine andere Gestalt, Sachmet, um gegen Seth kämpfen zu können. Er ist bereits dabei, Göttern ihre Kräfte zu nehmen, um selbst stärker zu werden. Der Rat der Götter hat sich vor langer Zeit zurückgezogen, als immer mehr Menschen aufhörten, an uns alte Götter zu glauben und in ihren Kulturen nur noch einem Gott folgten. Niemand weiß, wo sie sich verbergen, doch ohne sie können wir Seth nicht bannen. Wir können ihn lediglich aufhalten, bis der Rat gefunden ist und eingreifen kann«, erklärte Morpheus weiter und strich ihr nun sanft eine Haarsträhne aus dem Gesicht.

»Ich soll also gegen einen Gott kämpfen, der einen Dolch besitzt, der selbst Götter töten kann?«, fragte Zia ängstlich mit zittriger Stimme. Doch Morpheus lächelte liebevoll.

»Wenn es jemand schafft, ihn aufzuhalten, dann bist du es. Du musst dich wieder erinnern und zu Sachmet werden«, antwortete er sanft. »Ich weiß, dass du das kannst. Du musst keine Angst haben, ich werde immer an deiner Seite stehen«, flüsterte er dann, ehe er sich zu ihr herunterbeugte und sie zärtlich küsste.

# Bastet

## Bastets Tod

Voller Verzweiflung eilte Bastet durch die steinernen Gänge der ägyptischen Unterwelt. Goldene Hieroglyphen an den Wänden wiesen ihr den Weg, welcher durch Fackeln erhellt wurde.

Sie musste dringend mit Anubis sprechen. Am besten, bevor Morpheus sie fand und versuchte, sie von ihrem Plan abzubringen.

»Bastet! Was ist los, Liebes?«, fragte Anubis sofort, als sie die große Haupthalle betrat und schenkte ihr seine volle Aufmerksamkeit. Bastet hatte Tränen in den Augen, als sie zu ihrem Freund lief und ihm in die Arme fiel.

»Ich brauche deine Hilfe! Ich schaffe das nicht allein!«, schluchzte sie verzweifelt. Der Totengott nahm seine

Freundin, die Katzengöttin, in den Arm und streichelte ihr beruhigend über den Rücken.

»Schhh... es wird alles gut. Wobei soll ich dir helfen?«, fragte Anubis sanft. Bastet schniefte kurz und blickte dann auf, sah ihrem Freund mit ihren goldenen Katzenaugen direkt ins Gesicht.

»Ich möchte, dass du meine Seele verwahrst«, begann sie und Anubis sog scharf die Luft ein. »Ich liebe Morpheus so sehr, doch wir können nicht zusammen sein. Du weißt, warum. Unsere Familien verbieten es, sind sogar bereit, ihn zu einem Sterblichen zu machen. Und das nur, weil er Grieche ist und ich Ägypterin! Bitte Anubis! Nimm meine Seele. Gib auf sie Acht und schenke sie einem Menschen, wenn die Zeit reif ist und Morpheus und ich zusammen sein können!«, flehte die Katzengöttin. Sie wusste, dass er ihr helfen würde. Er war ihr bester Freund und hatte alles mitbekommen. Wie sie sich in den Gott der Träume verliebt hatte, wie er sie umworben hatte...

»Bastet!«

Anubis und Bastet blickten auf. Morpheus stand dort und er sah ebenso verzweifelt aus wie sie. Sofort löste Bastet sich von Anubis, lief zu ihrem Liebsten und warf sich in dessen Arme, ehe sie ihn verzweifelt ansah. Sie hatte nicht gewollt, dass er sie fand, bevor sie ihren Plan hatte in die Tat umsetzen können, aber nun war sie doch froh, ihn noch einmal sehen zu können.

»Was machst du hier? Ich habe dich überall gesucht! Wir müssen fliehen, bevor der Rat uns für immer trennt!«, sagte er, aber Bastet schüttelte nur den Kopf.

»Nein. Ich bin es leid, meine Liebe zu dir verstecken zu müssen und ich werde auch nicht zulassen, dass sie dich zu den Menschen verbannen«, begann sie und streichelte ihrem Liebsten über das Gesicht.

»Wie meinst du das?«, fragte Morpheus kaum hörbar, als ahnte er bereits das Schlimmste.

»Ich werde mein Leben geben, damit wir eines Tages zusammen sein können. Anubis wird auf meine Seele achten und wenn die Zeit reif ist, einem Menschen geben. Sei nicht traurig, Liebster. Ich werde wiederkommen, du musst nur ein wenig Geduld haben. Morpheus, wirst du auf mich warten?«, fragte sie, doch als Morpheus den Kopf schüttelte, gefror ihr das Herz. Er würde nicht auf sie warten?

»Das darfst du nicht machen! Wir haben schon so vieles durchgestanden, wir werden auch die Strafe des Rates überstehen«, versicherte er, aber nun war es Bastet, die traurig den Kopf schüttelte.

»Haben sie es dir noch nicht erzählt?«, fragte die Katzengöttin und konnte in den Augen ihres Liebsten bereits die Antwort sehen. »Natürlich nicht. Warum sollten sie auch? Morpheus, ich habe herausgefunden, dass sie dich in einen Sterblichen verwandeln wollen. Das bedeutet, wir werden niemals wieder zusammen sein können und wenn du stirbst, wird deine Seele auf ewig im Totenreich weilen«, erklärte sie ihm, woraufhin sich hin

Morpheus Augen vor Schreck weiteten. Er hatte es also wirklich nicht gewusst.

»Ganz egal, wohin wir fliehen, sie werden uns finden und dich bestrafen. Also lass mich bitte meine Seele Anubis anvertrauen. Die Zeiten werden sich ändern und dann werden wir beide glücklich sein können«, fuhr sie fort.

»Wir müssen eine andere Lösung finden!«, versuchte Morpheus, sie zu überzeugen. Bastet wusste, dass er sie zu retten versuchte, aber das konnte er nicht. Der Rat der Götter würde nicht ruhen und am Ende würde es womöglich noch viel schlimmere Opfer geben.

»Es gibt keine andere Möglichkeit. Einer von uns beiden muss sterben. Doch wenn ich Anubis meine Seele zur Verwahrung gebe, kann er darüber wachen, bis sie wiedergeboren wird. Aber wenn du ein Sterblicher wirst, wird deine Seele nach deinem Tod direkt in das Reich von Hades wandern und wir werden niemals wieder zusammenfinden«, erwiderte Bastet, wobei ihr eine Träne über die Wange rann. Es brach ihr das Herz, Morpheus so am Boden zerstört zu sehen und zu wissen, dass es ihre Schuld war.

Morpheus lehnte die Stirn an ihre, schloss traurig seine Augen und nickte schließlich.

»Ich werde auf dich warten, bis das Licht der Sterne erlischt. Bis ans Ende jeder Zeit«, versprach er ihr voller Liebe und legte seine Lippen auf die ihren für einen letzten, sehnsuchtsvollen Kuss. Verzweifelt klammerte

Bastet sich an seinen Armen fest, während sie den Kuss erwiderte.

Anschließend gingen sie beide zu Anubis, der schon wartete.

»Bist du dir wirklich sicher?«, fragte der Totengott abermals und Bastet nickte. So sicher war sie selten gewesen. Es war der einzige Weg, damit sie mit Morpheus irgendwann glücklich werden konnte. Anubis nickte dann ebenfalls und ging hinüber zu einem Regal, welches in die Steinwände gehauen war. Dort standen zahlreiche Fläschchen, in allen Formen und Farben. Anubis griff nach einer Phiole, in welcher sich eine dunkelblaue Flüssigkeit befand. Damit kam der Totengott schließlich zurück und reichte sie Bastet.

»Dies ist das einzige Mittel, um dir deine Seele zu nehmen, ohne dass sie direkt zu den Toten wandert. Nur so können wir es vor Osiris geheim halten«, erklärte er ruhig. Bastet nickte und nahm das Fläschchen. »Du musst alles austrinken. Anschließend wirst du langsam einschlafen und deine Seele verlässt deinen Körper. Schmerzen wirst du keine haben«, versprach er.

»Ist es egal, wo sie es trinkt?«, fragte Morpheus nun.

»Ja. Ihre Seele wird zu einem Ort gezogen, wo sie darauf warten kann, wiedergeboren zu werden. Dabei ist es ganz egal, wo sich ihre Seele beim Verlassen des Körpers befindet«, sagte Anubis. Fragend sah Bastet ihren Liebsten an.

»Was hast du vor?«, wollte sie wissen, aber Morpheus lächelte sie nur an, ehe ihre Hand nahm und sich mit ihr zusammen auflöste. Im nächsten Moment standen sie auf einer weiten Wiese, inmitten von Mohnblumen. Bastet erkannte diesen Ort sofort.

»Hier haben wir uns kennengelernt.«, flüsterte sie mit tränenerstickter Stimme und Morpheus nickte.

»Ja. Hier traf ich dich zum ersten Mal. Du warst vom Schein der roten Farbe dieser Blumen angezogen worden. Ich spürte deine Anwesenheit, kam hierher und war auf der Stelle Dein«, erwiderte er und gab ihr einen sanften Kuss.

»Es wird sich lohnen. Wenn ich wieder komme, können wir zusammen sein, ohne einen Krieg zwischen den Göttern zu riskieren oder dass sie einen von uns bestrafen«, sagte sie und schmiegte sich in seine Arme.

Eine ganze Weile standen sie da, vergaßen alles um sich herum und genossen einfach nur das Hier und Jetzt. Doch irgendwann war auch dieser Moment zu Ende. Gemeinsam setzten sie sich in das Meer aus roten Mohnblumen und Bastet kuschelte sich eng an ihren Liebsten, spürte, wie er sie fest an sich drückte.

»Vertrau auf unsere Liebe. Wenn ich wiedergeboren werde, wirst du es spüren. Ich werde dich rufen«, sprach sie, während sie Morpheus voller Liebe anblickte. Dann zog sie den Korken aus der Phiole. Ein letzter Blick auf ihren Liebsten, dann trank sie die dunkelblaue Flüssigkeit in einem Zug aus. Sofort spürte sie eine unendliche Müdigkeit, die sie umfasste.

»Ich liebe dich...«, flüsterte sie, ehe sie ihren Augen schloss und die Seele ihren Körper verließ, um in einem neuen Leben wiedergeboren zu werden.

Kurz konnte sie über ihrem Körper schwebend noch auf sich und Morpheus herabsehen, er hielt sie noch immer im Arm und weinte nun sehr heftig. Am liebsten hätte Bastet seinen Kummer vertrieben, doch sie konnte nichts mehr tun.

Nach und nach löste sie sich auf, bis schließlich nichts mehr von ihr übrig war und sie den trauernden Morpheus zurückließ.

## Zia

# Kapitel 16

»Ich vertraue dir das für mich Wichtigste im Leben an, also pass auf sie auf!«, sagte Morpheus ernst, als er und Zia wieder bei Eros und Anubis waren.

»Warum gehst du nicht mit ihr in die Sphinx und ich suche nach dem Rat der Götter?«, fragte Eros. Gespannt blickte Zia Morpheus an, denn das interessierte sie nun auch. Sie spürte inzwischen eine unglaublich starke Verbindung zu Morpheus und sie wusste instinktiv, dass sie ihm bedingungslos vertrauen konnte. Und der Kuss inmitten dieser Mohnblumen... wäre es nach ihr gegangen, hätte dieser Moment kein Ende gefunden.

Aber jetzt waren sie wieder zurück und Morpheus wollte, dass sie mit Eros losging, um mit ihm die Sphinx zu besuchen. Denn es lauerte eine große Gefahr dort draußen und der Rat der Götter musste aufgespürt werden.

»Weil wir andere Götter und magische Wesen befragen müssen, um den Rat der Götter zu finden. Im Gegensatz zu dir habe ich nicht mit fast der ganzen weiblichen Gesellschaft Sex gehabt. Wenn du dort auftauchst, werden sie nur das Eine im Sinn haben. Wenn ich aber auftauche, werden sie mir meine Fragen beantworten, ohne mit mir schlafen zu wollen!«, erwiderte Morpheus ungeduldig.

In Zias Ohren klang das durchaus plausibel und so wie Eros mit den Augen rollte, hatte Morpheus recht.

Morpheus wandte sich wieder Zia zu und sofort wurde sein ernster Blick wieder weich und liebevoll.

»Ich beeile mich, versprochen. Du weißt jetzt alles, was du wissen musst, Eros wird dir nun helfen, deine Erinnerungen zurückzubekommen. Wenn du mich brauchst, musst du mich nur rufen, ich werde sofort bei dir sein«, erklärte er ruhig, beugte sich zu ihr herunter und versiegelte ihre Lippen mit einem Kuss. Kurz darauf löste er sich auch schon auf und war verschwunden. Zia fühlte sich, als hätte er einen wichtigen Teil von sich mitgenommen.

»Dann lass uns mal losgehen, bevor Seth hier auftaucht«, sagte Eros. Zia nickte und nahm Cupcake auf den Arm, damit sie gemeinsam aufbrechen konnten.

Anubis war nicht mehr zu sehen, sie nahm an, dass er sich wieder irgendwo in der Dunkelheit verbarg, um sie nicht wieder zu erschrecken.

Eros legte einen Arm um Zia und schon spürte sie, wie sie sich wieder auflöste und in die Finsternis verschwand.

Nur einen Wimpernschlag später stand sie mit Cupcake und Eros in einer alten ägyptischen Grabkammer.

»Sagte Morpheus nicht, du sollst mich zur Sphinx bringen?«, fragte Zia verwundert und sah sich um. Die Wände waren mit bunten Hieroglyphen bemalt und überall zierten Katzen die Wände. Auch die Fackelhalter hatten die Form einer Katze, die Fackel wurde jeweils von dem Schwanz der Katze gehalten. In der Mitte des Raumes lag ein großer Sarkophag, er sah aus wie einer der Katzensarkophage im British Museum, nur dass dieser hier so groß war, dass ein Mensch in ihm liegen konnte. Gebettet war der Sarkophag auf lauter Mohnblumen aus Glas. Genau solche, wie Morpheus sie ihr zum Geburtstag geschenkt hatte.

»Wir sind bei der Sphinx. Oder besser gesagt: IN der Sphinx«, antwortete Eros und trat an den Sarkophag heran. Zia sah ihn mit großen Augen an und drückte Cupcake an sich, während sie sich neben den Gott der Leidenschaft stellte und auf den Sarkophag hinabblickte.

»Dies hier ist dein Grab. Morpheus bestattete deinen Körper damals hier, nachdem er höchstpersönlich diese Grabkammer erbaut hatte. Warum in der Sphinx? Weil es neben dem Mohnblumenfeld dein Lieblingsort war. Geschützt hat Morpheus diesen Raum mit verschiedenen Bannen und Zaubern, sodass kein Sterblicher diese

Grabkammer je finden könnte. Nur ein Gott kann hier herein und jene, die er mitnimmt«, erklärte Eros weiter.

Zia schluckte und blickte auf den Sarg, welcher der ihre sein sollte.

»Warum sind wir hier?«, fragte sie ehrfürchtig flüsternd und konnte die Augen nicht von dem Sarkophag abwenden.

»Damit du dich erinnerst«, erwiderte Eros, ehe er nach ihrer Hand griff und diese auf das Grab legte.

Eine unbeschreibliche Trauer übermannte Zia und sie ging in die Knie, konnte den Kummer kaum ertragen, den sie plötzlich verspürte.

Die Grabkammer begann sich zu drehen und plötzlich waren Eros und Cupcake verschwunden.

Zia stand in der Ecke der Grabkammer, als Morpheus erschien. In seinen Armen hielt er den Leichnam einer jungen Frau. Sie war wunderschön, hatte langes, schwarzes Haar und sehr katzenhafte Gesichtszüge.

»Hier sollst du ruhen, Liebste. Ich werde auf ewig über dich wachen und darauf warten, dass du zu mir zurückkehrst«, sagte er schluchzend und legte die tote Frau in den offenen, leeren Sarkophag. Als sie sicher und bequem darin gebettet war, beugte Morpheus sich über sie und küsste sie weinend, wobei seine Tränen auch ihre Wangen benetzten. Für Zia fühlte es sich so an, als würden seine Tränen auch auf ihre Wangen fallen, ihr Herz wurde so schwer wie Blei und auch sie begann zu weinen, die Trauer von Morpheus war so greifbar und allgegenwärtig. Sie wollte zu ihm gehen, ihn in den Arm nehmen und ihm versichern, dass alles wieder gut werden würde, dass sie hier war und am Leben.

Doch Morpheus Herz war gebrochen, er wollte am liebsten sterben und sich neben seine Liebste betten, das war mehr als offensichtlich.

»Miau!«

Zia zuckte zusammen, als plötzlich Cupcake auftauchte. Wo kam er nun her?

Morpheus wandte sich dem Kater zu und kniete sich hin.

»Kosey, sie hat uns verlassen«, sagte er traurig, nahm den Maine Coon auf den Arm und erhob sich wieder, damit Kosey in den Sarg sehen konnte.

Sofort begann der Kater heftig zu maunzen, strampelte sich von Morpheus frei und sprang in den Sarg, wo er auf Bastets Brust landete. Verzweifelt maunzend sah er sein Frauchen an, stupste sie immer wieder mit der Nase an und versuchte, sie zu wecken.

»Sie wird nicht wieder aufwachen«, sagte Morpheus mit tränenerstickter Stimme zu Kosey. Die Stille der Grabkammer war erfüllt von herzzerreißendem Miauen des Katers, Verzweiflung lag in der Katzenstimme, die seinem Frauchen befahl, aufzuwachen. Bastet reagierte nicht, weshalb Kosey sich an ihren Hals schmiegte, ihr über die Wange leckte und sie wehklagend anmaunzte. Tränen liefen stumm über Morpheus Wangen, die Trauer umschloss sein Herz und ließ es schwer wie Blei werden. Nur langsam schien auch der Kater Bastets Tod zu begreifen, sein Klagen wurde weniger und schließlich legte er sich mit gesenktem Kopf hin und trauerte still.

Auch Morpheus senkte den Kopf und kniete sich vor den Sarg, um sich mit einem leisen Gebet von Bastet zu verabschieden.

Schluchzend sah Zia dabei zu, wie Morpheus sich nach einer Weile erhob, einen letzten Blick auf Bastet warf, Kosey herausnahm und dann den Sarkophag schloss, um ihn mit einem Zauber zu versiegeln.

»Sie wird wiederkommen. Bis dahin kannst du bei mir bleiben, ich passe auf dich auf. Und gemeinsam werden wir sie hier oft besuchen, bis sie zu uns zurückkehrt und sie deinen Schutz brauchen wird!«, sagte Morpheus leise und mit gebrochener Stimme zu dem Kater und streichelte ihm über den Rücken, während Kosey sich an den Traumgott schmiegte und sich an ihm festkrallte. Sie beide trauerten nun gemeinsam und versuchten gleichzeitig, einander zu trösten. Noch immer weinte Morpheus sehr und es sah so aus, als würde er gleich unter der Last der Trauer zusammenbrechen.

Erneut verspürte Zia den Drang, auf die beiden zuzugehen und sie trösten, doch plötzlich war da eine Energie, und mit einem starken Ruck wurde Zia fortgeschleudert und fand sich in der Gegenwart wieder.

Etwas benommen fasste Zia sich an den Kopf und spürte etwas Warmes an der Hand. Als sie hinsah, bemerkte sie Blut und keuchte erschrocken auf.

Erst jetzt bemerkte sie, dass noch jemand in der Grabkammer war. Er kniete über Eros und Zia konnte erkennen, dass er ihm den Dolch in den Bauch gerammt hatte. Außerdem trug er einen weiten, schwarzen Umhang, sein Gesicht war mit einer Kapuze verhüllt, sodass sie nicht erkennen konnte, wer er war.

Wie gelähmt saß Zia da und konnte den Blick nicht von den beiden abwenden. Vor ihr stand Cupcake, der einen Katzenbuckel machte und wild fauchte, als sein Fell plötzlich blutrote Flammen fing. Er sah aus, wie ein Dämon, der direkt der Hölle entsprungen war.

»Du kleines Mistvieh. Glaubst du wirklich, du könntest mich jetzt noch aufhalten? Jetzt, wo ich mächtiger bin denn je, dieser ohnehin sehr schwache Gott keine Kräfte mehr hat und Bastet eine nutzlose Sterbliche ist?«, fragte der Angreifer höhnisch und erhob sich.

Die Stimme kam Zia seltsam bekannt vor, sie bekam Kopfschmerzen, weil sich etwas in ihrem Gedächtnis zu lösen schien.

Der Fremde setzte seine Kapuze ab und mit vor Schreck geweiteten Augen blickte sie ihm schließlich direkt in sein Gesicht.

»Hallo Bastet«, sagte er und ihre Erinnerungen kehrten wieder zurück.

»Seth!«

Bastet

# Kapitel 17

Es war alles wieder da. Alle Erinnerungen an ihr göttliches Ich waren zurück und so erhob Bastet sich und blickte Seth stolz und entschlossen an.

»Du wirst deine Taten bereuen, Seth. Ich werde dich aufhalten!«, sagte sie, doch dieser lachte nur.

»Und wie willst du das anstellen? Du magst dich vielleicht wieder erinnern, aber du steckst im Körper einer Sterblichen. Du kannst deine Kräfte unmöglich nutzen«, erwiderte er.

»Ruf Morpheus und verschwinde von hier!«, forderte Eros sie nun keuchend auf und versuchte, die Blutung zu stoppen. Seth hatte ihn gut getroffen, was für Eros leider nicht von Vorteil war. Er hatte seine Kräfte nicht mehr.

»Nein! Ich lasse dich hier nicht zurück!«, sagte Bastet entschlossen. Sie wusste, was sie zu tun hatte.

Jetzt, wo sie ihre Erinnerungen wieder hatte, wusste sie, welche Bedeutungen die Anhänger an ihrem Armband hatten. Schon in ihrem früheren Leben hatten sie ihr gehört. Die Mohnblume war eine Verbindung zu Morpheus, so wie er es bereits erklärt hatte. Damit konnte sie zu ihm oder ihn zu sich rufen. Die kleine Katze hingegen war die Wächterin ihrer Kräfte.

Seth grinste Bastet siegessicher an.

»Wie willst du kämpfen, wenn ich dich zuvor ins Totenreich schicke?«, fragte er, wobei er die Hand hob und sie ihr entgegenstreckte. Bastet schluckte. Sie hatte ihre Kräfte noch nicht vollends zurück, konnte also nichts tun.

Kosey griff allerdings direkt in seiner dämonischen Gestalt an. Leider brachte dies nichts, denn Seth schleuderte ihn mit der anderen Hand gegen den Sarkophag, der sich neben Eros befand. Man hörte deutlich Knochen brechen und Kosey blieb regungslos liegen.

»Nein!«, schrie Bastet verzweifelt und eilte zu ihrem Gefährten. Kosey atmete noch, war aber schwer verletzt und bewusstlos.

Wütend drehte Bastet sich zu Seth um. Ihre Sicht wurde schärfer, ihre Augen verwandelten sich in die einer Katze.

»Keine Sorge. Du wirst gleich mit ihm zusammen in der Totenwelt wandeln«, versprach Seth böse grinsend. Bastet schluckte. Ihre Kräfte wuchsen, waren aber noch immer nicht vollständig zurückgekehrt. Wenn Seth sie jetzt angriff, hatte sie keine Chance.

Doch als er die Hand erneut hob und einen grellen Lichtstrahl auf sie abschoss, wurde sie plötzlich von Eros zur Seite geworfen und er nahm ihren Platz ein. Bastet konnte noch sehen und hören, wie Eros vor Schmerz aufschrie, dann war er verschwunden.

»Was hast du getan?«, schrie sie verzweifelt und Tränen rannen ihr über das Gesicht.

»So war das aber nicht geplant«, sagte Seth ruhig, ehe er sie gefährlich angrinste und nun mit dem Dolch auf sie zukam. »Aber vielleicht ist das besser so. Nun haben wir keinen Störenfried und ich kann dir noch deine Kräfte abnehmen, bevor ich dich ins Jenseits bringe«, fuhr er fort und kam weiter auf sie zu.

Hektisch sprang Bastet auf und wich vor ihm zurück. Leider war die Grabkammer kein riesiger Raum, sodass sie keine Chance hatte, ihm lange auszuweichen. Und da ihre Kräfte noch immer nicht vollständig zu ihr zurückgekehrt waren, konnte sie sich auch nicht mit Kosey fort teleportieren.

Instinktiv wollte sie Morpheus rufen, aber wenn er nun hierher kam und Seth ihn ebenfalls tötete...

»Du willst deinen Liebsten rufen«, murmelte Seth, woraufhin Bastet ihn erschrocken ansah. Böse grinsend kam er langsam auf sie zu. Er hatte sie in die Ecke gedrängt. »Wenn du an ihn denkst, verändert sich dein Blick. Na los! Ruf ihn! Lass deinen Gott der Träume herkommen, dann kann ich auch ihn töten!«, forderte Seth sie auf.

»Nein, ich werde ihn nicht rufen! Lieber sterbe ich!«, erwiderte Bastet mit einem leichten Fauchen in der Stimme. Doch Seth grinste sie weiterhin an, ehe er sie blitzschnell am Hals packte und gegen die Wand drückte, sodass sie keine Luft mehr bekam.

»Ruf ihn!«, forderte er sie erneut auf, aber Bastet weigerte sich. Niemals würde sie Morpheus verraten und ihn sterben lassen. Schon einmal hatte sie sich für ihn geopfert und sie würde es wieder tun, wenn es nötig wurde.

»Ich will, dass du ihn rufst!«, verlangte Seth weiter, drückte fester zu, sodass Bastet Sterne vor ihren Augen tanzen sah.

»Niemals!«, brachte sie hervor, während sie versuchte, seinen Griff um ihren Hals zu lösen. Aber Seth war stärker als sie.

Sie versuchte, ihre Kräfte einzusetzen und Seth zu verbrennen, damit er sie losließ, aber ihre Kräfte waren noch nicht stark genug. So schaffte sie es lediglich, ein wenig Wärme zu erzeugen.

»Deine Kräfte wachsen «, stellte er plötzlich fest und erblickte das Armband an ihrem Handgelenk. »Ich verstehe!«, sagte er dann grinsend, entriss es ihr und schleuderte es in eine Ecke.

»Du hattest schon immer eine Vorliebe für verborgene Dinge. Ich nehme an, dass sich in dieser Katze deine Kräfte verbergen. Ja, von ihr geht eine ungewöhnliche Ausstrahlung aus, warum habe ich das vorher nicht bemerkt? Und wofür ist diese Blume?«, fragte er, ehe sein Blick zu dem Sarkophag wanderte, der inmitten von Edelsteinmohnblumen lag.

»Was passiert wohl, wenn ich mit diesem Anhänger deinen Traumgott rufe?«, fragte Seth nun und Panik stieg in Bastet auf. Sie hatte das Armband verloren, was bedeutete, dass sie nicht mehr an ihre Kräfte herankam und Seth Morpheus rufen konnte.

»Er wird nicht kommen, wenn du ihn rufst. Morpheus folgt seinem Herzen, es führt ihn nur zu mir! Er wird wissen, dass nicht ich es bin, die ihn ruft!«, versuchte sie, Seth von seinem Plan abzuhalten. Aber dieser schien wenig beeindruckt, als er sich ihr zuwandte.

»Wenn er weiß, dass nicht du ihn rufst, wird er aber wissen, dass dir etwas passiert ist. Das wird erst recht dazu veranlassen, hierher zu kommen, um sicherzugehen, dass es dir gut geht. Tja, meine Liebe. So ist das, wenn man jemanden liebt, es führt nur dazu, dass alle leiden«, sagte er grinsend, umschloss das Armband mit seiner Hand und konzentrierte sich.

»Nein!«, schrie Bastet und warf sich nun auf ihn. Seth wehrte sie mit Leichtigkeit ab, aber sie stürzte sich erneut auf ihn. Sie musste Zeit schinden und Morpheus schützen. Er suchte den Rat der Götter und wenn dieser von Seths

Rückkehr erfuhr, würde ihm ein schnelles Ende bereitet werden.

»Verdammtes Biest! Je mehr du dich wehrst, umso mehr wird dein Morpheus leiden!«, drohte Seth ihr, ehe er sie schließlich mit einem Energieschlag gegen den Sarkophag schleuderte und sie benommen zu Boden sank.

Seth nutzte die Gelegenheit und rief nun nach Morpheus, indem er den Mohnblumenanhänger mit seiner linken Hand umschloss und leise Morpheus Namen murmelte. Gleichzeitig machte er sich dazu bereit, dem Gott der Träume sofort den Dolch ins Herz zu rammen, wenn er erschien.

»Bitte komm nicht!«, flehte Bastet schluchzend und hoffte, dass Morpheus zu beschäftigt damit war, die Göttervӓter aufzuspüren.

Doch leider war ihre Hoffnung vergebens, denn er erschien, um sicherzugehen, dass mit ihr alles in Ordnung war.

»Was ist hier los?«, fragte er schockiert, als er sich in der Grabkammer materialisierte und das Chaos bemerkte.

»Verschwinde wieder!«, rief Bastet ihm weinend zu. Aber es war zu spät, denn bevor auch nur einer von ihnen irgendwie reagieren konnte, rammte Seth Morpheus rücklings den Dolch ins Herz.

»NEIN!«, schrie Bastet verzweifelt, während Morpheus leblos zu Boden fiel.

# Bastet

# HOFFNUNG

Sanft legten sich seine Hände an ihre Hüften und Bastet ließ sich nur zu gerne an seine Brust ziehen.

»Ich wünschte, wir müssten uns nicht immerzu verstecken«, sagte sie traurig, ehe sie sich auf die Zehenspitzen stellte und ihrem Gott der Träume einen zarten Kuss gab. Seine Arme schlangen sich nun um ihren Oberkörper und sie konnte spüren, wie er sie fest an sich drückte, während er den Kuss erwiderte.

Als sie den Kuss wieder lösten, blickte sie direkt in seine wunderschönen Quecksilberaugen, in denen sie sich immerzu verlor.

»Es wird eine Zeit kommen, in der unsere Liebe nicht mehr verboten sein wird. Darauf müssen wir vertrauen«, antwortete Morpheus ihr nun und wischte ihr mit dem

Daumen die einzelne Träne fort, welche sich ihren Weg über die Wange bahnte.

»Ja, das wünsche ich mir. Dann müssen wir uns nicht mehr heimlich treffen und ich darf mich in deine Arme flüchten, wann immer ich möchte«, erwiderte sie mit einem zaghaften Lächeln. Morpheus erwiderte es liebevoll.

»Das Schicksal hat uns zusammengeführt. Warum sollte es das tun, wenn wir nicht füreinander bestimmt wären? Jede einzelne Faser meines Körpers sehnt sich nach dir, wenn wir nicht zusammen sein können. Jeden Tag bete ich zum Rat der Götter, dass die Zeiten sich endlich ändern mögen«, sprach er sanft, ehe er viele kleine Küsse auf ihrem Gesicht verteilte. Bastet lächelte nun etwas mehrund sah ihren Traumgott voller Liebe an.

»Manchmal wünschte ich mir, wir beide könnten zwei Sterbliche sein. Dann wäre es nicht verboten, dich zu lieben und wir könnten glücklich werden«, gestand sie ihm leise und senkte den Blick. Doch Morpheus legte eine Hand unter ihr Kinn und zwang sie, ihn anzusehen.

»Das wäre wirklich schön. Doch leider sind wir keine Sterblichen. Allerdings ist es uns so möglich, uns wenigstens vor den Blicken der anderen Götter zu verstecken«, flüsterte er, ehe er sich zu ihr herunterbeugte und erneut küsste. Verzweifelt klammerte Bastet sich an seine Schulter und schloss die Augen, während sie seinen Kuss erwiderte. Sie konnte nur hoffen, dass das Versteckspiel niemals auffliegen würde.

# Bastet

## Kapitel 18

Wie in Zeitlupe sah Bastet ihren Liebsten zu Boden gehen. Sie konnte nichts tun, war wie gelähmt.

Erst in letzter Sekunde sprang sie hervor und fing Morpheus auf, bevor er auf den harten Boden prallen konnte.

»Du darfst nicht sterben!«, schluchzte sie und die Tränen liefen über ihre Wangen, tropften hinunter auf Morpheus, dessen Kopf nun auf ihrem Schoß lag. Sein Blick war voller Liebe. Verzweifelt versuchte sie, die Blutung zu stoppen, aber das Blut rann ihr durch die Finger und färbte alles in tiefem Rot.

»Weine nicht, Kätzchen. Du musst jetzt stark sein, hörst du?«, ächzte er und hatte Mühe, zu atmen.

Aber Bastet konnte nicht aufhören, sie hielt Morpheus fest, zog ihn ein wenig hoch, sodass sie ihn an ihrer Brust wiegen konnte. Ihre Hand presste sie weiter auf seine

Wunde, in der Hoffnung, die Blutung würde endlich stoppen und sie könnte Morpheus retten.

»Ich werde dich nicht verlieren! Nicht nach allem, was wir durchmachen mussten!«, schluchzte sie verzweifelt. Unaufhörlich fand sein Blut den Weg zwischen ihre Finger, sie konnte nichts machen und doch wollte sie alles tun, um ihn nicht sterben zu lassen.

Morpheus hob eine Hand und legte sie an ihre Wange.

»3000 Jahre habe ich auf dich gewartet. Auch, wenn wir am Ende nicht viel Zeit miteinander hatten, jede Sekunde mit dir war das Warten wert«, flüsterte er schwach und lächelte sie liebevoll an.

Bastet weinte noch heftiger.

»Es war alles umsonst! Alles!«, schluchzte sie bitterlich, verbarg ihr Gesicht nun in den Händen und ließ ihren Tränen freien Lauf. Aber Morpheus nahm ihre Hände wieder weg, zwang sie, ihn anzusehen.

»Es war gar nichts umsonst. Wir haben wieder zueinandergefunden und du hast nun die Chance, glücklich zu werden. Versprich mir, dass du nicht um mich trauern wirst. Du musst dein Leben weiter leben und glücklich werden. Das ist es, was ich mir für dich wünsche. Selbst, wenn der Mann an deiner Seite dieser Zach ist«, versuchte er, sie aufzumuntern. Aber Bastet war nicht nach Aufmunterung zumute.

»Ich könnte niemals jemanden so sehr lieben, wie ich dich liebe!«, hauchte sie und schniefte, während sie zusehen musste, wie er immer schwächer wurde.

»Du wirst einen Mann finden, den du ebenso lieben kannst«, widersprach Morpheus entschlossen. »Versprich es mir! Versprich mir, dass du Seth besiegst und dann dein Leben weiterlebst, wie ich es mir für dich wünsche! Glücklich, mit einem Mann an deiner Seite und mit vielen Kindern!«, forderte er sie auf.

Bastet wusste nicht, ob sie ihm das wirklich versprechen konnte. Ihr Herz gehörte ihm allein! Aber es war sein letzter Wunsch und konnte sie ihrer wahren Liebe diesen abschlagen?

»Na schön. Ich... werde es versuchen«, gab sie schließlich nach, wobei es ihr das Herz noch weiter aus der Brust herausriss.

Morpheus nickte, während er immer mehr Blut verlor und es ihm die Kräfte nahm. Schwach zog er ihr Gesicht zu sich herunter und küsste sie liebevoll, ehe er mit letzter Kraft »Ich liebe dich!« an ihre Lippen hauchte und aufhörte, zu atmen.

»Nein! Morpheus!«, schrie Bastet, doch es war zu spät. Er war tot. Verzweifelt klammerte sie sich an seinem Hemd fest und weinte nun hemmungslos. So lange waren sie getrennt gewesen und nun, wo sie endlich wieder zueinandergefunden hatten, wurden sie wieder entzweit.

»Heul nicht, du wirst gleich wieder bei ihm sein«, sagte Seth höhnisch grinsend, während er langsam mit dem Dolch auf Bastet zukam. Sie war versucht, nachzugeben und sich von ihm töten zu lassen, aber dann rief sie sich in Erinnerung, was sie Morpheus versprochen hatte. Sie sollte kämpfen. Sie sollte Seth besiegen und dann ein glückliches Leben führen. Zumindest soweit glücklich, wie es ihr möglich war.

Vorsichtig legte Bastet Morpheus Leichnam neben ihr eigenes Grab, ehe sie sich wütend erhob.

»Du hast ihn getötet!«, knurrte sie und merkte, wie die Wut sich in ihrem Körper verbreitete und in pure Energie verwandelte. Ein wildes Feuer loderte in ihrem Inneren und die Trauer um Morpheus wich dem Hass auf Seth.

»Er war ein Schwächling und hat es nicht anders verdient, als zu sterben!«, erwiderte Seth gehässig, was die Wut in ihr nur noch weiter anfachte.

Er hatte ihr alles genommen.

Er hatte sie damals verraten.

Er hatte Morpheus getötet.

Bastet spürte, wie das Feuer in ihr immer stärker wurde, sich nach außen hin ausbreitete. Sie kannte das bereits. Ihr Körper veränderte sich, nahm eine andere Form an und sie verwandelte sich in Sachmet.

Aus ihren Händen wurden große Pranken, sie ging auf alle Viere und goldenes Fell spross aus ihrer Haut, Krallen und Reißzähne bildeten sich. Ihre Knochen brachen, setzten sich neu zusammen und bildeten eine neue Gestalt.

Nach nur wenigen Augenblicken stand sie als Löwin da, die so riesig war, dass sie mit Seth auf Augenhöhe war. Gefährlich sah sie ihn an, wandte sich dann Kosey zu und schleckte ihrem Begleiter über das feurige Fell. Ihr

Speichel hatte heilende Wirkung und so schüttelte Kosey verwirrt den Kopf und stand ihr dann auch schon zur Seite.

»Hallo, Sachmet. Du magst nun stärker sein, aber glaube nicht, dass du mich deswegen besiegen kannst«, sagte Seth siegesgewiss. Aber Sachmet war nicht dumm. Auch wenn sie die Gestalt einer Löwin hatte, ihr Verstand war noch immer der einer Göttin und so handelte sie auch. Die Kriegerin in ihr hatte übernommen und die handelte nicht emotional, sondern benutzte ihren Verstand.

Anstatt direkt anzugreifen, stand sie Seth gegenüber, wartete auf seinen ersten Schritt, von dem sie wusste, dass er zweifellos kommen würde. Sie war wütend, das machte sie aber nicht unvorsichtig. Nein, sie würde alles geben, um Seth zu besiegen und ihn an den Rat der Götter auszuliefern. Und wenn sie nun einfach lossprang, um Seth anzugreifen, würde er sicherlich den Dolch einsetzen und sie damit töten. Das konnte sie nicht riskieren.

»Was ist los? Keine Lust zu kämpfen?«, machte Seth sich über sie lustig. Das war gut so. Wenn sie auf seinen ersten Schritt wartete und er glaubte, sie würde nichts tun, würde er vielleicht unvorsichtig werden.

Kosey stand zwischen ihren riesigen Pranken. Sein Feuerfell loderte hell und kräftig, konnte sie aber nicht verletzen, da sie eine Einheit waren. Böse blickte der kleine Kater seinen Feind an und fauchte gefährlich, wobei das Feuer seines Felles noch ein wenig stärker aufloderte.

Seth lachte erneut.

»Wie niedlich! Ein Zwerg, die nur fauchen kann und eine große Katze, die untätig dasteht«, machte er sich über die beiden lustig. Sachmet knurrte gefährlich und fletschte die Zähne, zwang sich aber, ihn weiterhin nicht anzugreifen, sondern auf seinen Angriff zu warten. Dieser ließ dann auch nicht lange auf sich warten.

Seth ließ einen Energieball in seinen Händen erscheinen und schleuderte ihn auf Sachmet ab, welche geschickt auswich. Kosey nutzte die Chance und sprang Seth erneut an, diesmal erwischte er ihn und biss ihm tief ins Handgelenk, sodass Seth den Dolch fallen ließ.

Sofort griff nun auch Sachmet an, sie sprang auf Seth zu und wollte ihre langen Reißzähne und seinem Hals versenken, aber Seth reagierte ebenfalls schnell und schleuderte sie und Kosey mit einer Handbewegung von sich fort. Beide prallten hart an die gegenüberliegende Wand, rappelten sich aber sofort wieder auf und traten ihm erneut entgegen. Sie waren ein Team, agierten gemeinsam und wussten genau, was sie zu tun hatten, um erfolgreich zu sein. Schon in früheren Zeiten hatten sie Seite an Seite gekämpft und arbeiteten instinktiv im Einklang.

Seth hingegen war allein, er hatte nur den Dolch, nach welchem er nun wieder griff und sich bereit machte, Sachmet und Kosey zu töten.

Wütend schlug Sachmet mit ihrer Pranke zu, um Seth den Dolch wieder zu entreißen, doch er hielt ihn gut fest und schleuderte mit seiner freien Hand einen Energieball auf sie. Nun stürmte Kosey wild knurrend erneut auf Seth, aber auch er wurde von Seth mit einem Energieball hart an die Wand geschleudert, wo er benommen liegen blieb.

»Dachtet ihr wirklich, dass der gleiche Trick zweimal funktioniert?«, fragte er amüsiert und folterte Sachmet und Kosey mit einem starken Energieblitz, den er auf die beiden losließ. Die Blitze knisterten, flackerten und erhellten die Grabkammer.

Sachmet brüllte auf, jeder Muskel wurde von den Blitzen durchzuckt, unbeschreibliche Schmerzen zogen sich durch ihren Körper.

Trotzdem sammelte sie ihre ganze verbliebene Energie, erhob sich trotz der Schmerzen und sah tollwütig zu Seth, ehe sie ihn erneut ansprang. Der Dolch ragte ihr entgegen, doch bevor er sie damit treffen konnte, schlug sie ihn mit voller Wucht aus Seths Hand. Seth wich erschrocken zurück, Sachmets Schmerzen ließen nach und sie stand schließlich über ihm. Mit den Pranken nagelte sie ihren Feind am Boden fest, fletschte die Zähne und war bereit, ihn zu töten. Ihre Krallen versenkten sich bereits in dem Fleisch seiner Brust, sie spürte das Blut unter ihren Pfoten, der Geruch machte sie noch wilder und sie öffnete ihr Maul, um Seth die Kehle durchzubeißen.

*»Das reicht!«*

# Bastet

## KAPITEL 19

Gleißend helles Licht erfüllte plötzlich die Grabkammer. Es war warm und freundlich, drang in jede Ecke und ließ nichts im Dunklen.

Sachmet konnte nichts mehr sehen, weshalb sie ihre Krallen noch tiefer in Seth versenkte, damit er nicht auf die Idee kam, zu fliehen.

Aber als das Licht schwächer wurde und sie wieder etwas erkennen konnte, löste sie sich sofort von ihm, und neigte vor ihrem neuen Gegenüber den Kopf.

Es war Re.

Langsam kam er auf sie und Seth zu, hatte in der linken Hand den Dolch und mit der Rechten hielt er Seth mit einem Bann am Boden.

»Es ist dir gelungen zu entkommen und den Dolch an dich zu reißen. Noch einmal wird dir das nicht gelingen, der Rat der Götter wird dich diesmal härter bestrafen!«, sprach Re mit dunkler Stimme. Der Sonnengott war noch immer in Licht gehüllt, sodass man seine Gestalt kaum erkennen konnte, nur Umrisse eines menschlichen Körpers mit einem Falkenkopf waren erkennbar.

Sachmet stand noch immer ehrfürchtig da und hielt den Kopf aus Respekt gesenkt. Auch, wenn sie Seth nur zu gerne töten wollte, dies war nun eine Sache zwischen Seth und dem Götterrat. Und sie wusste, wenn sie sich Re widersetzte, würde sie keine Chance gegen ihn haben und gnadenlos unterlegen sein.

»Das werdet ihr alle noch bereuen!«, zischte Seth wütend und versuchte gegen Res Zauber anzukämpfen, aber der Sonnengott war trotz Seths zusätzlicher Kräfte mächtiger.

»Wir bereuen es bereits. Wir bereuen, dass wir dich bereits damals nicht stärker bannten. Aber wir haben dich unterschätzt. Ein Fehler, der uns kein zweites Mal passieren wird«, antwortete Re ruhig, aber machtvoll.

Vorsichtig hob Sachmet den Kopf und sah gerade noch, wie Re Seth mit der Spitze des Dolches langsam in die Hand stach. Der Dolch leuchtete auf und Seth stöhnte und ächzte. Es war ein seltsamer Anblick, grünes Licht schien durch Seths Adern zu fließen, hinaus und direkt in den Dolch hinein. Sachmet wusste, dass Re ihm gerade alle Kräfte entzog, die er sich angeeignet hatte, auch seine eigenen und da Re ihn noch immer mit der starken Magie des Sonnengottes fesselte, konnte Seth sich nicht wehren.

Sobald Seth nicht mehr Kräfte hatte, als ein Sterblicher, nahm Re den Dolch wieder an sich und kettete Seths Hände und Füße zusammen, damit er nicht auf dumme Gedanken kam.

Dann wandte er sich Sachmet zu, welche sofort wieder den Blick und das Haupt senkte.

»Erhebe dich, Sachmet. Lass mich mit Bastet sprechen!«, forderte Re sie auf. Konzentriert schloss Sachmet ihre Augen und brachte ihre Gefühle unter Kontrolle. Das Fell ging zurück, ebenso die Krallen und Zähne, sie verwandelte sich wieder in ihre menschliche Gestalt und kniete unterwürfig vor Re.

»Re, allmächtiger Sonnengott«, sagte sie, spürte dann seine warme Hand auf ihrem Kopf.

»Erhebe dich, Bastet«, sprach Re mit majestätischer Stimme, während er vor ihr stand und auf sie hinabblickte.

Bastet schluckte und erhob sich, hielt den Blick gesenkt.

»Du hast den Göttern große Dienste geleistet. Beinahe wäre es Seth gelungen, uns alle in den Abgrund zu ziehen, aber dank dir kann der Rat der Götter ihn erneut bestrafen, diesmal endgültig«, lobte er sie.

Bastet nickte nur stumm. Ihr Blick glitt zu Morpheus, der leblos am Boden lag. Ihn hatte der Rat nicht retten können, er hatte sein Leben hergeben müssen.

Re folgte ihrem Blick.

»Mach dir um deinen Liebsten keine Sorgen. Es geht ihm gut und er wartet auf dich«, versicherte Re ihr, woraufhin Bastet ihn ungläubig ansah.

»Was?«, hauchte sie leise. Re lächelte sie gütig an.

»Ihr beide musstet so viel durchmachen, weil wir zu stur waren und in unseren Vorstellungen feststeckten, dass wir unter uns bleiben sollten. Aber auch wir haben dazu gelernt und die Zeiten haben sich geändert. Wir stehen euch nicht mehr im Weg«, sprach Re zu ihr, aber Bastet verstand immer noch nicht. Wie konnten sie und Morpheus zusammen sein, wenn er tot war?

Re schien ihre Gedanken zu lesen.

»Dies hier ist nicht wirklich Morpheus«, erklärte er ihr und mit einer Handbewegung löste der tote Morpheus sich in tausend Lichter auf, die schließlich verschwanden. Dann ließ er das Armband, welches Seth ihr gestohlen hatte, zu sich schweben und reichte es ihr.

»Wenn ich mich nicht irre, kann dies dich zu ihm bringen. Also los! Dein Liebster wartet bereits ungeduldig auf dich!«, fuhr er fort, während er ihr das Armband um das Handgelenk legte.

Bastet war sprachlos, konnte es nicht glauben. Aber würde Re sie anlügen?

Kurzerhand nahm sie Kosey auf den Arm und blickte den Sonnengott nochmal kurz an.

»Ich danke Euch!«, sagte sie mit einer kurzen Verbeugung, ehe sie sich mit geschlossenen Augen auf Morpheus konzentrierte und verschwand.

Als Bastet sich wieder materialisierte, fand sie sich in einem Meer von Mohnblumen wieder.

»Du hast mich warten lassen, Kätzchen!«

Bastet wirbelte herum und sah fassungslos in das Gesicht von Morpheus. Er stand vor ihr, war unverletzt und am Leben.

Es dauerte einige Sekunden, dann aber löste sich ihre Starre und sie ließ Kosey runter, ehe sie sich schluchzend in seine Arme warf. Morpheus fing sie auf, konnte aber wegen der Wucht das Gleichgewicht nicht halten und landete mit ihr inmitten der Blumen.

»He, es ist alles in Ordnung!«, versicherte er ihr, während er ihr über das Haar streichelte und Bastet heftig weinte. »Kätzchen, ich bin hier, es ist alles gut. Mir geht es gut und du hast es geschafft! Du konntest Seth besiegen und jetzt können wir beide endlich zusammen sein«, redete er weiter, nahm ihr Gesicht in die Hände und küsste sie, in der Hoffnung, dass sie sich beruhigte.

Bastet erwiderte den Kuss, ehe sie ihn löste.

»Wie ist das möglich? Du bist in meinen Armen gestorben! Seth hat dir den Dolch ins Herz gerammt!«, schluchzte sie.

Morpheus setzte sich auf, zog Bastet auf seinen Schoß und drückte sie an sich.

»Ich wusste, dass Seth mich benutzen würde, um dir zu schaden. Also musste ich ihm zuvorkommen und seinen Plan zu unserem Vorteil nutzen. Glaub mir, ich wollte nie, dass du den gleichen Schmerz durchleidest, wie ich es damals tun musste, aber die Trauer hat auch die

Wut in dir entfacht und es dir ermöglicht, dich in Sachmet zu verwandeln. Nur so konntest du gegen ihn ankommen. Der Morpheus, der da gestorben ist, war nur eine Truggestalt. Ich erschuf ihn und schickte ihn zu dir, als Seth nach mir rief«, erklärte er ihr sanft und wischte ihr mit dem Daumen die Tränen fort.

»Ich dachte, ich hätte dich für immer verloren«, flüsterte Bastet und lehnte ihre Stirn an seine Brust. »Tu mir das nie wieder an!«, forderte sie ihn auf. Sie war froh, dass es ihm gut ging und er am Leben war.

»Keine Sorge. Ich habe nicht vor, noch einmal zu sterben. Besonders jetzt nicht, wo wir doch endlich zusammen sein dürfen«, antwortete Morpheus und streichelte ihr über den Rücken.

»Wie hast du Re finden können?«, fragte Bastet dann, schlang nun die Arme um ihren Liebsten und kuschelte sich eng an. Seine Nähe war Balsam für ihre Seele und nach allem, was sie hatte durchmachen müssen, brauchte sie ihn mehr denn je.

»Ich habe Heimdall aufgesucht. Es dauerte eine Weile, aber dann fand er Re. Da die Götterväter untereinander in ständigem Kontakt stehen, war es für Re ein Leichtes, die restlichen Ratsmitglieder zu informieren. Er machte sich dann auf den Weg zu dir, um Seth festzuhalten und ihm seine Kräfte wieder zu nehmen. Die Götter, denen Seth die Kräfte raubte, werden ihre Kräfte wieder zurückbekommen und Seth selbst wird sein Dasein wieder als Mumie fristen müssen. Doch diesmal mit einem deutlich stärkeren Bann, sodass nur der gemeinsame Götterrat ihn wieder befreien kann«, erklärte Morpheus weiter.

Bastet hob den Kopf. Dann legte sie eine Hand an seine Wange, zog sein Gesicht zu sich und küsste ihn innig. Noch immer konnte sie nicht glauben, dass er wirklich hier war, dass er lebte und sie beide zusammen sein durften. Es kam ihr vor, wie ein wunderschöner Traum.

Als sie den Kuss wieder löste, kam ihr Eros in den Sinn und sie sah Morpheus stirnrunzelnd an.

»Was ist mit Eros geschehen? Seth durchbohrte nicht sein Herz mit dem Dolch, aber er sagte, er hätte Eros in die Totenwelt geschickt«, fragte sie dann, woraufhin Morpheus nickte.

»Eros lebt und er ist tatsächlich in der Totenwelt. Durch den Dolch hat Seth sich viele Kräfte angeeignet. Auch die von Nergal und Ereschkigal, den Herrschern über die mesopotamische Totenwelt. So war es ihm möglich, Eros in die Totenwelt zu Hel zu verbannen. Leider ist es aber nun den Totengöttern möglich, die Welt der Toten zu betreten und zu verlassen, wie es ihnen passt. Eros muss einen anderen Weg finden. Vielleicht kann Hel ihm helfen. Wir jedenfalls können nur hoffen, dass er es irgendwie schafft, auch wenn ich ihm wirklich gerne helfen würde. Immerhin ist er mein bester Freund«, sagte er und Bastet nickte.

»Verstehe. Vielleicht gibt es ja doch eine Möglichkeit, wie wir ihm zur Seite stehen können. Schließlich hätte eigentlich ich bei Hel landen sollen und Eros hat mich vor diesem Schicksal bewahrt. Wir beide sind es ihm schuldig, dass wir ihn unterstützen«, erwiderte sie, bevor sie Morpheus in einen weiteren Kuss zog und sich schwor, ihn niemals wieder loszulassen.

## Bastet

# Epilog

Eine Woche war vergangen und Bastet lebte wieder als Zia unter den Menschen. Allerdings war sie nun mit Morpheus zusammen, welcher noch immer die Wohnung bewohnte, die er sich mit Eros genommen hatte.

Heute waren die beiden gemeinsam im British Museum und standen vor dem schwarzen Sarkophag, in welchen Seth gebannt war.

»Ich hoffe, dass er diesmal wirklich da drin bleibt«, sagte Bastet seufzend und lehnte sich an Morpheus, welcher einen Arm um ihre Schultern gelegt hatte.

»Das wird er. Re und die anderen haben einen sehr starken Zauber angewandt. Versuche lieber nicht, den Sarkophag anzufassen. Und die Sterblichen können ihn nicht öffnen, ganz egal, was sie versuchen«, antwortete Morpheus ruhig, während er die goldenen Augen des Sarges vor sich genau fixierte. Aber nichts regte sich und auch die dunkle Aura war verschwunden. Seine Bastet war in Sicherheit.

»Gibt es etwas Neues von Eros oder Seths Handlanger?«, fragte Bastet dann und sah nun zu ihm auf.

»Seths Handlanger konnte noch nicht gefunden werden, der Rat der Götter sucht noch nach ihm. Aber Eros geht Hel gehörig auf die Nerven und sie verflucht jeden Gott dafür, dass nur Totengötter ihre Welt verlassen und betreten können, wie sie wollen. Ich glaube, so sehr müssen wir Eros nicht bedauern, er scheint viel Spaß bei ihr zu haben. Aber kein Wunder. Hel ist schließlich eine attraktive Frau«, erwiderte Morpheus und sofort leuchteten ihn Bastets Katzenaugen an. »Keine Angst, Kätzchen. Sie ist nicht so wunderschön, wie du es bist!«, fügte er lachend hinzu und küsste sie sanft. Zufrieden nickte Bastet und erwiderte den Kuss, ehe ein Maunzen aus ihrem Rucksack kam.

»Kosey hat Hunger«, murmelte sie an Morpheus Lippen. Dieser grinste leicht.

»Wir könnten eine Pizza essen gehen«, schlug er vor und gab Bastet noch einen weiteren, diesmal kurzen Kuss, ehe er den Arm um ihre Mitte schlang und mit ihr das Museum wieder verließ.

»Wie lange willst du dich eigentlich noch vor meinem Vater drücken? Irgendwann musst du dich als mein fester Freund vorstellen und irgendwie müssen wir ihm auch noch erklären, dass ich mit dir zusammen ziehen möchte, obwohl ich dich ja angeblich erst seit zwei Wochen kenne«, sagte Bastet grinsend, als sie beide in die heiße Sommersonne hinaustraten.

Sie und Morpheus hatten sich entschieden, auf der Erde zu bleiben und dort als ganz normales Pärchen zu leben. Das hatte aber auch zur Folge, dass sie weiterhin Zias Leben lebte, also auch noch weitere Freunde und Verwandte hatte, auch wenn sie diese früher oder später verlassen musste, da sie nicht alterten.

Morpheus verzog das Gesicht.

»Lieber würde ich gegen Seth kämpfen. Ach übrigens, da fällt mir was ein... wer wäre eigentlich dein Auserwählter gewesen, wäre ich wirklich gestorben? Immerhin hast du mir doch versprochen, mich zu vergessen und eine Familie zu gründen. Ich hoffe nur, es ist nicht dieser komische Zach? Wobei... der und sein seltsamer Hund hätten sich nicht mit Kosey vertragen«, zog er sie grinsend auf, um das Thema zu wechseln. Amüsiert knuffte Bastet ihn in die Seite.

»Versuche nicht, dich wieder zu drücken!«, sagte sie grinsend, da sie seinen Plan natürlich durchschaute.

»Ich könnte auch dein Traumprinz werden«, schlug er dann vor und meinte damit, dass er sie nachts in ihren Träumen besuchte.

Zia schmunzelte.

Seit sie sich wieder erinnerte, konnten sie in ihren Träumen zusammen sein, als wären sie beide wach. Denn da sie nun auch daran glaubte, dass das alles Wirklichkeit war, konnte sie sich auch zu Morpheus umdrehen und ihn ansehen, nichts blockierte sie mehr in ihren Träumen.

»Hm, wenn du mein Traumprinz werden willst, brauche ich aber irgendwann einen Mann, der mir die einsamen Tage versüßt. Vielleicht muss ich dann doch auf Zach zurückgreifen«, neckte sie ihn grinsend.

Morpheus lachte.

»Mist. Aber in Ordnung. Wir stärken uns jetzt und danach geht es zu deinem Vater, der hoffentlich nicht ausreichend Kontakte hat, um an den göttlichen Dolch zu kommen«, sagte er dann grinsend, ehe er sie in seine Arme zog und innig küsste.

Endlich konnten sie zusammen sein.

## Danksagung

Ich möchte mich an dieser Stelle noch einmal bei allen bedanken, die mich bei Mohnblütenträume tatkräftig unterstützt haben.

Zuallererst natürlich meiner Lektorin Steffi, die diesmal wirklich ganz besonders starke Nerven brauchte. Sie war immer für mich da, wenn es irgendwo hakte und half mir sofort weiter. Ich bin wirklich froh, sie an meiner Seite zu wissen.

Außerdem möchte ich mich bei meiner Autorenkollegin Sarah bedanken, die mir geholfen hat, einen Namen für den kleinen Beagle zu finden und mich mit diversen Bildern versorgt hat.

Ein weiterer Dank geht auch an meine treuen Blogger, meine beiden Testleserinnen Annika und Lucy, sowie an Michaela Rödiger, die mich auch auf Patreon unterstützt.

Auch bedanken möchte ich mich bei Carina und Ca Ro, die mir mit dem Rätsel für Eros geholfen haben.

Am Ende noch ein dickes Dankeschön an meinen Mann, der den ganzen Stress still leidend ertragen hat!

Leseprobe
Fluch der Elemente – Die Schwestern von Feuer und Erde

Myrkvi, Prinz der Dunkelalben, wanderte ungeduldig vor dem kleinen Haus auf der geteilten Waldlichtung auf und ab. Jedes Mal, wenn er wieder kehrtmachte, wehten seine schulterlangen, rabenschwarzen Haare auf und seine nebelgrauen Augen blickten unruhig umher. Die Hütte stand dort, wo er und sein Vater vor sechs Monden einen Handel mit den werdenden Eltern abgeschlossen hatten, deren Kind in dieser Nacht zur Welt kam. Sicherheit und Wohlstand gegen die erstgeborene Tochter. Doch damals war die Nacht des Fruchtbarkeitsfestes gewesen, als alles ergrünt und die Pflanzen blühten. An diesem Tag sahen der Wald und die Lichtung ganz anders aus. Heute war das Totenfest. Die Natur und die Menschen bereiteten sich auf den kommenden Winter vor. Es war ihm ein Leichtes gewesen, die Welten zu wechseln, um bei der Geburt seiner Braut dabei sein zu können, auch wenn er durch seine magischen Fähigkeiten und sein Krafttier zu jeder Zeit in andere Welten reisen konnte. Obwohl es schon einige Monde her war, kam es ihm vor, als wäre es erst gestern geschehen, war diese Zeitspanne für einen Alben schließlich kaum mehr als wenige Momente.

*Der Wald war dunkel gewesen, die wenigen Sterne am schwarzen Nachthimmel und der schwach scheinende Mond hatten es nicht geschafft, genügend Licht zu spenden. Es war beinahe gespenstisch, denn auch die Tiere waren allesamt verstummt, so als würden sie die Magie in dieser Nacht spüren.*

*Myrkvi und sein Vater hatten den werdenden Eltern gegenüber gestanden. Der Bauch der jungen Frau war bereits leicht gerundet und er konnte ihre Angst deutlich sehen. Der sorgenvolle Blick, die Hand schützend auf ihrem Bauch und den Körper zitternd an ihren Mann gelehnt, der ihn und seinen Vater wachsam beobachtete. Ganz so, als würden sie die beiden ohne Vorwarnung angreifen. Dabei waren es doch die zwei Menschen gewesen, die ihn und seinen Vater gerufen hatten.*

*»Was wollt ihr?«, verlangte sein Vater zu wissen, erhaben und stolz wie immer.*

*Myrkvi war ebenfalls gespannt, was die beiden wollten. Und er fragte sich auch, warum sie ihn und seinen Vater, nicht die Lichtalben, gerufen hatten. Oder hatten sie das bereits getan und die Lichtalben waren nur wieder zu arrogant gewesen? Ja, das würde schon eher passen.*

*»Wir erbitten Schutz für unser Kind und unsere weiteren Nachkommen!«, sprach der Mann. Myrkvis Vater hob eine Augenbraue.*

*»Was bietet ihr uns dafür?«, verlangte er zu wissen, denn einfach so würden sie ihnen nicht geben, wonach sie verlangten. Auch Myrkvi wartete, was die zwei bereit waren zu geben, um eine sichere Zukunft für sich und ihre Nachkommen zu bekommen.*

*»Eines unserer Kinder«, sprach die Frau und Myrkvi konnte ihr deutlich ansehen, dass ihr das ganz und gar nicht gefiel. Natürlich nicht, eine Frau liebte ihre Kinder, aber es waren gefährliche Zeiten und er selbst hatte immer ein Auge auf diese Welt. In letzter Zeit wurden die Überfälle immer mehr, immer übler, außerdem kamen sie immer näher. Vor wenigen Tagen erst war eines der Dörfer hier in der Nähe überfallen und niedergebrannt*

*worden. Die Männer hatte man brutal niedergemetzelt, die Frauen vergewaltigt und dann versklavt. Dieses Schicksal wollten die werdenden Eltern ihren Nachkommen ersparen und dafür waren sie bereit, alles zu geben.*

*»Was sollen wir mit einem Menschenkind?«, fragte der Albenkönig, doch Myrkvi kam plötzlich ein Gedanke.*

*»Vater?«, sagte Myrkvi und sah seinen Vater an. Dieser erwiderte seinen Blick, schien aus seinen Augen zu lesen, ehe er Myrkvis Gedankengänge erfasste und nickte.*

*Myrkvi wandte sich wieder den Menschen zu. »Eure erstgeborene Tochter soll meine Frau werden. Es wird ihr an nichts fehlen und sie wird eine von uns werden«, forderte er, denn er hatte sich soeben an eine alte Prophezeiung erinnert. Eine Albenprinzessin, von Menschen geboren, sollte den Dunkelalben zu neuem Glanz verhelfen. Sie aus der Düsternis befreien und Licht in ihre Welt bringen.*

*Und nun boten ihnen zwei Menschen eines ihrer Kinder an. Es musste Schicksal sein!*

*»Einverstanden«, sprach die werdende Mutter, auch wenn es ihr sichtlich schwerfiel. Doch es schien für sie tragbar zu sein, ein Kind für den Schutz der anderen her zu geben.*

*»Dann ist es also abgemacht. Eure erstgeborene Tochter wird meinen Sohn heiraten, um meinem Volk zu neuem Glanz zu verhelfen. Im Gegenzug wird es euren Kindern und Kindeskindern an nichts fehlen. Wir versorgen sie mit allem materiellen, was benötigt wird und auch mit Schutz und Sicherheit«, fasste sein Vater den Handel noch einmal zusammen und die junge Frau nickte. Auch ihr Mann senkte zustimmend den Kopf. Also*

*ließ sein Vater einen Vertrag erscheinen, auf dem alles genau beschrieben stand. Kurz zögerten die beiden Menschen noch, dann aber unterschrieben sie, indem sie sich beide in den Finger stachen und einen Tropfen Blut auf den Stoff tröpfeln ließen.*

*»Tritt hervor mein Kind!«, sprach sein Vater.*

*Ein wenig ängstlich trat die junge Frau hervor und er legte eine Hand auf ihren runden Bauch.*

*»Deine Tochter sei gesegnet mit der Magie der Alben. Sie soll Unsterblichkeit und ewige Jugend erlangen und somit eine von uns werden. Außerdem soll sie ihre ganz eigene Magie, entsprechend ihrer Persönlichkeit, erhalten«, sagte er ruhig mit höchster Konzentration und unter seiner Hand erschien ein hellblauer Schimmer, der den Bauch erleuchten ließ. Nur wenige Momente später war das Leuchten wieder verschwunden und sein Vater wandte sich ab. Bevor Myrkvi mit seinem Vater wieder aus dieser Welt verschwand, sah er noch, wie die Frau sich in die Arme ihres Mannes schmiegte und eine Träne über ihre Wange rollte. Ihm taten die beiden leid, denn niemand sollte sein Kind hergeben müssen. Und dennoch. Er musste auch an sein Volk denken. Irgendwann würde er selbst König sein und seine Königin – dieses magische Menschenkind – sollte ihm helfen, das Volk der Dunkelalben in bessere Zeiten zu führen. Und es würde dafür sorgen, dass sie rundum glücklich war.*

Myrkvi wurde aus seinen Gedanken an jene Nacht gerissen, als er plötzlich den Schrei eines Babys hörte. Seine Prinzessin, zukünftige Braut, sie hatte den Leib ihrer Mutter verlassen und war nun in diese Welt eingetreten. Sofort standen Myrkvi und sein

Schwiegervater kerzengerade da, warteten, dass sie hinein durften, um das Wunder zu erblicken.

Doch die Tür blieb verschlossen.

Stattdessen war kurz darauf ein zweites Baby zu hören. Nun hielt den Vater des Kindes nichts mehr. Ohne auf Erlaubnis zu warten, öffnete er die Tür und trat hinein, Myrkvi folgte ihm ohne zu zögern.

Doch direkt hinter der Tür erstarrte er, als er die zwei Babys erblickte. Myrkvi wusste nicht, was er sagen sollte und auch der Vater schien erstaunt. Freudig aber auch ängstlich. Myrkvi konnte sich schon denken warum. Er hatte Angst, nun auch seine zweite Tochter zu verlieren, aber Myrkvi hatte nicht vor, ihnen beide Töchter zu nehmen. Außerdem ... noch würde er keines der Kinder mitnehmen. Er war nur hier um sie im Leben willkommen zu heißen. Mit sich nehmen würde er die Erstgeborene erst, wenn sie erwachsen war. Bis dahin brauchte sie ihre Familie.

Die Mutter lag erschöpft im Bett, während eine Hebamme die Kinder versorgte. Langsam ging Myrkvi auf sie zu und nahm ihr eines der Babys ab. Es war ein wunderschönes Mädchen, Haare so braun wie die Samen einer Buche im Herbst. Die Augen hatten ein strahlendes Blau, würden die Farbe aber vermutlich in den nächsten Monaten noch ändern. Müde lag sie auf seinem Arm und erholte sich von der Geburt.

Die Mutter der Mädchen sah den Alben an. »Das ist Amia, die Zweitgeborene«, flüsterte sie und Myrkvi blickte auf. Das hier war gar nicht seine Braut? Verlegen gab er das kleine Mädchen an den Vater und nahm das andere Mädchen aus den Armen der Hebamme. Behutsam hielt er sie und sah sie sich genau an.

»Wie wunderschön sie ist!«, stellte er leise fest und strich vorsichtig mit dem Zeigefinger über den feuerroten Flaum auf ihrem Kopf. Als sein Finger ihre Wange streifte, griff die Kleine sofort danach und ließ ihn nicht wieder los. Der Dunkelalb lachte. Im Gegensatz zu ihrer Schwester war seine Braut neugieriger und sah sich mit großen Augen um anstatt erst einmal zu schlafen.

»Ihr Name ist Lyra«, flüsterte die Mutter müde und Myrkvi sah auf, um zu nicken. Der Vater der beiden Mädchen setzte sich zu ihr an die Bettkante und gab ihr die Jüngere. Die Mutter nahm sie und wiegte ihre kleine Tochter sanft.

Myrkvi trat nun ebenfalls an das Bett heran und gab ihr auch Lyra.

»Ich werde wieder kommen, wenn sie herangewachsen und bereit ist meine Frau zu werden. Dann werde ich sie in meine Welt bringen. Dort soll sie dann als Königin an meiner Seite regieren. Doch bis es so weit ist ... « Myrkvi pfiff einmal kurz und schon erschien ein Kater in der Tür. Sein Fell war tiefschwarz, mit weißen Pfötchen und einem weißen Lätzchen, dazu ein kleiner weißer Fleck auf der Nase.

»Das ist Armas, er wird meine zukünftige Braut beschützen und ihr stets ein treuer Begleiter sein. Er stammt von den Katzen ab, die Freyas Wagen zogen«, erklärte er.

Der Kater gähnte ausgiebig, tapste dann auf das Bett zu, sprang hinauf und rollte sich träge am Bettende zusammen. Amüsiert schüttelte Myrkvi den Kopf. Anschließend beugte er sich vor und strich seiner Verlobten über den roten Flaum auf ihrem Köpfchen.

»Meine wunderschöne Lyra. Heute ist dein erstes Totenfest. Ich werde an deinem 17. Totenfest wiederkommen und dich zu meiner Frau und Königin machen. Bis dahin werde ich immer über dich wachen und dich beschützen. Ich werde stets an dich denken und alle Vorkehrungen treffen, damit du dich bei uns wohl fühlst«, sprach er ruhig, gab ihr einen Kuss auf die Stirn und sah sie nochmal liebevoll an. Dann schaute er zu ihrer Schwester.

»Auch über dich werde ich wachen, kleine Amia. Auch wenn du nicht meine Braut sein wirst, so wirst du immer in meinem Reich willkommen sein«, sprach er. Mit einem letzten Blick auf die beiden Mädchen und ihre Eltern wandte er sich schließlich ab und verschwand. Zurück in das Reich der Dunkelalben, wo er auf den Tag warten würde, an dem Lyra alt genug war seine Frau zu werden.